HARLEQUIN®
Deseo®

VOLVER ATRÁS
Nancy Warren

DISCARD

HARLEQUIN®
Tiempo para ti™

NOVELAS CON CORAZÓN

Editado por HARLEQUIN IBÉRICA, S.A.
Hermosilla, 21
28001 Madrid

I.S.B.N.: 84-396-9589-6
Depósito legal: B-9572-2002
Editor responsable: M. T. Villar
Diseño cubierta: María J. Velasco Juez
Composición: M.T., S.L.
Avda. Filipinas, 48. 28003 Madrid
Fotomecánica: PREIMPRESIÓN 2000
c/. Matilde Hernández, 34. 28019 Madrid
Impresión y encuadernación: LITOGRAFÍA ROSÉS, S.A.
c/. Energía, 11. 08850 Gavá (Barcelona)
Fecha impresion para Argentina:15.2.03
Distribuidor exclusivo para España: LOGISTA
Distribuidor para México: PUBLICACIONES SAYROLS, S.A. DE C.V.
Distribuidores para Argentina: interior, BERTRAN, S.A.C. Vélez
Sársfield, 1950. Cap. Fed./ Buenos Aires y Gran Buenos Aires,
VACCARO SÁNCHEZ y Cía, S.A.
Distribuidor para Chile: DISTRIBUIDORA ALFA, S.A.

Capítulo Uno

–Tienes un grave problema con tus relaciones personales, Laura.

Laura Kinkaide hizo un expresivo gesto hacia el techo.

–Stan, lo que necesito son muebles encerados, no una conferencia sobre mis problemas psicológicos.

Stan Stukowsky, casado hacía treinta y un años, no tenía ni idea de lo que significaba estar soltera en la actualidad.

Stan movió su cabeza calva.

–¿Cuánto duró... cómo se llamaba el último?

–Estuve saliendo con Peter casi tres meses –Laura comenzó a tamborilear con los dedos sobre su mesa de trabajo–. Mira, no tengo tiempo para charlar ahora. Tengo que terminar el apartamento de los Gibson.

–¡Dios mío, tres meses enteros!

Stan se asomó por entre dos de los estantes, llenos de tubos y latas mugrientas.

La mujer tomó aire y lo dejó salir despacio. Se negaba a seguir participando en aquella batalla psicológica. El olor de la pintura, de la cera y la madera antigua era tan denso como el polvo.

–¿Y cuánto tiempo saliste con el anterior?

–Doce meses.

–¿Y con el anterior?

Laura observó la espalda de Stan. Si no fuera el mejor artesano que conocía, no le aguantaría.

–Tres meses –contestó, marcando bien cada palabra.

–¿También tres meses? ¿De qué lo quieres, de pino o nogal?

–¿El qué?

–El barniz. ¿Para qué es exactamente? –preguntó Stan, levantándose con una lata en cada mano.

–Ah, en el armario del cuarto de baño he dado a la capa final un aspecto agrietado. Quería darle ahora un barniz que lo envejeciera más.

El hombre asintió y le dio una de las latas.

–¿Y ahora qué vas a hacer?

–Irme de vacaciones.

–¿Por qué lo has dejado?

–¿Cómo sabes que he sido yo quien lo ha dejado? ¿Y si me ha dejado él a mí?

Stan la miró significativamente y Laura dio un suspiro profundo, tratando de no mostrarse susceptible.

–Se muerde las uñas.

Stan asintió como si ella acabara de decir justo lo que esperaba.

–Has dejado a un hombre estupendo, con experiencia en su profesión de abogado porque se muerde las uñas. ¿Y sigues pensando que no tienes un problema grave con las relaciones personales?

–No creo que tú seas el más indicado para opinar, Stan. La última vez que saliste con una mujer, los Beatles estaban todavía juntos, las chocolatinas costaban un céntimo y... –hizo un gesto hacia los tesoros dañados que se almacenaban en su taller como en una subasta de mercadillo–... casi todo esto estaba nuevo. Créeme, los tiempos han cambiado.

–¿Entonces te vas otra vez de vacaciones sola?

Se oyó ruido en la tienda, situada en la parte delantera del taller, donde la mujer de Stan vendía todo tipo de artículos y libros de bricolage y decoración. Laura oyó voces, junto con una carcajada y el habitual sonido de la caja registradora.

–¿Qué vacaciones se pueden tener con un hombre que está mordiéndose las uñas continuamente? Además, hoy en día las mujeres somos independientes y podemos arreglárnoslas solas.

–Laura, he tenido resacas que han durado más que algunas de tus relaciones. Tal como vas, acabarás antes de Navidad con todos los solteros de Seattle.

–¿Me estás diciendo que soy una cualquiera?

–No. Precisamente, si te acostaras más a menudo con esos tipos, quizá no te dieras cuenta de que se mordían las uñas, que ven las películas equivocadas o hacen chistes malos –se inclinó hacia delante y le dio un golpecito en la mano–. Nunca encontrarás al hombre perfecto. Estás buscando excusas para huir del compromiso.

–Te aseguro que tengo bastantes relaciones sexuales, gracias.

–Suerte que tienes –dijo una voz grave, detrás de ellos.

Laura miró a Stan y vio la sorpresa que llenaba sus ojos. ¿Cuánto tiempo llevaría allí ese desconocido?

Ese hombre con aquella voz.

Una voz profunda y viril que la hizo estremecerse. Solo había habido una persona que hubiera conseguido anteriormente eso.

Pero no podía ser Jack. Por favor, que el hombre que les había oído hablar de su lastimosa vida sexual no fuera Jack. Se dio la vuelta despacio...

–Hola, Laura.

–Jack...

Por un segundo, Laura volvió a ser una adolescente que contemplaba el rostro de su héroe. Luego vio los cambios que el tiempo había efectuado en él.

Los años y la experiencia habían añadido cierta dureza al chico del que había estado enamorada hacía años. Sus ojos eran igual de azules, pero ahora tenían algunas arrugas alrededor. Su pelo rubio y ondulado se había vuelto gris por algunos sitios. Tenía el mismo cuerpo atlético, pero su pecho parecía más ancho, sus hombros más fuertes y él tenía una expresión más segura. Sus labios, sin embargo, parecían un poco más finos que entonces. Como si no se riera ya tanto como solía hacer.

Laura se dio cuenta de que lo estaba mirando con descaro y apartó la vista.

–¿Qué haces aquí? –preguntó.

–Tu abuela me pidió que te trajera esto. Me dijo que recibías el correo aquí –le mostró un paquete marrón que llevaba en la mano–. La mujer de la tienda me dijo que pasara.

El hombre la estaba mirando de un modo extraño. Estaba segura de que debía haberse manchado con la pintura verde del armario. De hecho, tenía manchada la mano que extendió para agarrar el paquete.

–¿Por qué no me lo ha mandado directamente ella?

El hombre se encogió de hombros y su camisa de algodón se movió sobre ellos.

–Querría que te llegara cuanto antes, me imagino. Por casualidad, yo tenía que venir hoy a Seattle –los ojos le brillaban–. Y ya sabes lo que le gusta ahorrar.

Laura esbozó una sonrisa sin darse cuenta. Se conocían hacía mucho tiempo. Jack conocía a su abuela casi tanto como ella y sabía que la mujer odiaba desperdiciar las cosas... sobre todo el dinero.

Laura tomó el sobre que Jack le ofrecía y trató de ignorar lo fuerte que parecía aquella mano. Se fijó en que llevaba perfectamente cortadas las uñas. Era evidente que no se las mordía. Rápidamente, cambió la atención al sobre.

–Gracias por traérmelo.

Laura sintió cómo Stan los observaba, como si fuera un perro en busca de trufas. De verdad que si no le quisiera como a un padre, ese hombre la volvería loca. Los presentó.

–Stan Stukowsky, Jack Thomas.

Ambos se dieron la mano mientras se observaban mutuamente con atención. Jack sacaba una cabeza al otro hombre.

–Laura y yo crecimos juntos en Whidbey Island –le explicó Jack.

–Bueno, los amigos de Laura...

–Nosotros no somos... –lo interrumpió Laura.

–Llevamos bastante tiempo sin vernos –aseguró Jack–. Laura no va mucho por Laroche.

Entonces la miró y ella creyó ver en su mirada... ¿recriminación tal vez? ¡Pero si ella se había ido por él!

–Debe ser algo importante para que tu abuela te lo haya mandado personalmente –añadió Stan, mirando el paquete.

Laura pensó que si Stan quería ver lo que había dentro, iba a quedarse con las ganas.

–Seguro que no es nada importante. La abuela tiene mucho tiempo para leer, así que me tiene al día de todo.

—Me ha dicho que te va muy bien —comentó Jack.

Luego se apoyó contra el banco donde estaba Laura y esta sintió su calor. El pecho del hombre estaba a la altura de sus ojos y un rizo de pelo cobrizo que le salía por la camisa abierta, llamó su atención.

—No me va mal —dijo, apartando la vista.

—Laura es la mejor decoradora y restauradora de la época victoriana —anunció Stan con orgullo—. Yo le aconsejo que contrate a alguien, pero ella insiste en que solo puede mantener su nivel de calidad haciendo todo el trabajo.

Laura no se había dado cuenta de la cantidad de cera y aceite que había en aquel suelo. El lugar estaba hecho un absoluto desastre.

—¿No es ese un espejo de Chippendale? —preguntó Jack.

Laura lo miró impresionada. No le hubiera extrañado que Jack supiera de fútbol, pero, ¿de estilos decorativos? Jamás habría imaginado que pudiera distinguir la mejor pieza de la tienda de Stan.

—No podemos afirmar que sea auténtico —comentó Stan, yendo hacia el espejo y agarrándolo con cuidado—. Lo compré en una subasta para restaurarlo y venderlo, pero... creo que finalmente voy a quedármelo.

—Es precioso —replicó Jack, acariciando el marco.

A Laura le pareció que lo hacía con la misma suavidad con la que acariciaría el rostro de su amada.

Entonces fue incapaz de apartar los ojos de él, que la estaban mirando a través del espejo. Sus caras estaban ligeramente distorsionadas.

Laura se olvidó de respirar. Recordaba perfectamente la atracción que había sentido por Jack, siendo niña. Lo único que deseaba, después de todos aquellos años, era no volver a sentir aquella intensa conexión con él.

—¿Trabajas en esto? —oyó que preguntaba Stan, rompiendo el encanto.

—Soy carpintero —explicó Jack, sin dejar de mirar a Laura—. He ido aprendiendo cosas aquí y allá.

Laura esperó que continuara hablando.

—Bueno, Laura, me he alegrado de verte. Encantado, Stan —fue lo único que dijo antes de marcharse.

Laura no pudo impedir quedarse mirándolo. El hombre caminaba con agilidad y seguridad. Y Dios, ¡le encantaban los hombres que se ponían vaqueros gastados! ¿Cómo demonios podía seguir afectándola ese hombre de aquel modo?, se dijo.

Stan se dio cuenta de todo y casi se frotó las manos de alegría, pensando en el sustituto de Peter.

—Parece...

—¡Te alegrará saber que me dejó él a mí!

—No recuerdo que me hayas hablado de él.

Laura notó que se sonrojaba.

—Fue cuando tenía dieciséis años. Salimos un tiempo y luego él me dejó. No pasa nada.

—¡Sí, sí!

Laura se masajeó los doloridos brazos, dando un gemido. Estaba tumbada en el sofá de su apartamento, demasiado cansada para darse una ducha. El armario de los Gibson tenía ya el barniz de un cuadro renacentista, pero a pesar de todo lo que había frotado la pintura craquelada, no había podido olvidarse de la humillante escena que había tenido lugar en el taller de Stan.

Hacía casi doce años que no estaba tan cerca de Jack. ¡Y tenía que habérselo encontrado, llevando una bata toda manchada, con el pelo hecho un asco y con manchas de pintura por todas partes! Y peor aún, estaba segura de que habría oído lo que Stan le había dicho acerca de que no tenía suficientes relaciones sexuales.

Desde luego, no era uno de sus mejores días.

Aunque el día había mejorado bastante al abrir el paquete de su abuela, que contenía el último pago de los Gibson. Era una cantidad suficiente para pagarse unas buenas vacaciones.

El paquete contenía, además, algunos artículos del *Financial Times* y de algunos otros periódicos que su abuela le había recortado. A Laura no le apetecía perder el tiempo leyéndolos, pero de vez en cuando seguía el consejo de la anciana e invertía pequeñas sumas de dinero en donde ella le aconsejaba.

Al principio, lo había hecho casi por caridad, pero su abuela había tenido razón muchas veces. Los beneficios que había obtenido al invertir en Microsoft, por ejemplo, le habían pagado el ordenador que utilizaba en la actualidad.

En el paquete también había un sobre y, dentro de él, había varios artículos unidos por un clip y una fotografía encima.

Laura tomó la foto para estudiarla de cerca y soltó un suspiro al ver que se trataba de la casa de los McNair.

Era un edificio victoriano que mostraba señales de dejadez y abandono. La mayoría de la pintura estaba caída o despegada, las ventanas estaban tapadas con tablas de madera y parte del tejado había desaparecido. Casi se podía palpar la humedad del interior.

Mirar aquella foto era para Laura como ver a un amigo querido gravemente enfermo.

Desde la última vez que había estado en Whidbey Island, tres años atrás, la casa se había deteriorado enormemente. Pero aquella mansión seguía siendo, de algún modo, la casa de sus sueños. Era un lugar íntimamente ligado a su niñez

Dejó la foto sobre su regazo y tomó los artículos de periódico. Había una carta también, con el membrete oficial de la isla.

Querida señorita Kinkaide:

La dirección del comité de restauración y conservación de la isla se dirige a usted para encomendarle la tarea de devolver a esta histórica región su antiguo esplendor. El comité quiere utilizar la mansión McNair, construido hacia 1886, como museo turístico.

La invitamos a que sea usted la encargada de decorar el interior del edificio, así como de supervisar el mobiliario.

La saluda atentamente:

Delores Walters, directora del comité para la salvación de la mansión McNair.

Laura, sin poder evitar sentir una intensa emoción, encendió el ordenador, echando a un lado una serie de catálogos de agencias de viajes

Poco después, llamó por teléfono a Stan.

—Hola, Stan, soy Laura. ¿Cómo estás? No tires nada. Te voy a mandar ahora mismo una lista de cosas que voy a necesitar. Hazme una buena rebaja, porque es un proyecto fabuloso que nos interesa a los dos.

—Siempre te hago una buena rebaja. Pero, ¿y tus vacaciones?

–Voy a restaurar un edificio que es el sueño de mi vida. Va a ser lo mejor que haya hecho nunca. Además, está en la maravillosa isla de Whidbey, así que será como estar de vacaciones.

–¿La isla de Whidbey? ¿No era de allí el paquete que recibiste?

–Sí.

–¿Y sigue viviendo allí tu amor de adolescencia?

–Ni lo menciones, Stan. Iré allí a trabajar en la casa. Ni siquiera creo que vea a Jack Thomas.

La siguiente llamada fue a Laroche.

–¡Laura, qué sorpresa! –gritó su abuela.

Laura hizo una mueca y se alejó el teléfono del oído. La abuela siempre gritaba según la distancia a la que estuviera la persona con la que hablaba. Laura todavía no había conseguido convencerla de que los teléfonos habían mejorado mucho desde su infancia.

–Es la mentira más grande que he oído. Sabías de sobra que te llamaría cuando viera tu nombre en la lista del comité para salvar la mansión Mc-Nair.

La anciana se echó a reír.

–Te prepararé tu habitación, hija. ¿Cuándo empiezas a trabajar?

–Todavía no me han ofrecido ningún contrato.

–Te lo ofrecerán. No llevo viviendo ochenta y dos años aquí para nada. ¿No sabes que sorprendí al alcalde robando manzanas de la señorita Allen? Allí mismo, en medio de la calle, le bajé los pantalones y le di dos azotes –la anciana soltó una sonora carcajada–. Claro, que entonces no era todavía alcalde.

–Estoy segura de que ha cambiado desde entonces, abuela –bromeó Laura–. ¿Sabes que puedes ir a la cárcel por chantaje?

–Robar manzanas también es un crimen, jovencita. Quizá nuestros políticos de Laroche no sean tan malos, pero tienen sus secretos. Y los conozco a todos.

–Apuesto a que sí.

–Vente el domingo, Laura, te haré un guiso de carne. Puedes empezar a trabajar el lunes mismo –hubo una pausa y la anciana bajó la voz–. Es hora de que vuelvas a casa. Te echamos de menos.

Capítulo Dos

Laura se sentó en el suelo del dormitorio principal de la mansión McNair, todavía sorprendida del poder de su abuela. Laura había recibido el contrato, firmado por el alcalde, un día después de que ella les hubiera mandado la contestación por fax. Desde donde estaba, contempló la cama de caoba, cuyo dosel colgaba rasgado y sucio. El sol de la mañana entraba por la ventana abierta, acompañado de una fresca brisa. Pero Laura llevaba un jersey de lana grueso bajo su bata de trabajo.

A pesar de la suciedad y el abandono, el dormitorio conservaba su elegante estructura, sus techos altos y su torreón. Además de la chimenea victoriana y de la fantástica cama, no había ningún otro mueble, ni adorno. Solo algunos trozos de papel pintado se aferraban sobre las paredes.

La cama era, evidentemente, demasiado grande para ser movida y Laura se preguntó cómo habrían podido meterla el primer día. La puerta y las ventanas parecían demasiado pequeñas para ello.

Pero se alegraba de que estuviera allí y no la hubieran echado a la chimenea durante los días de decadencia. Era una muestra maravillosa del mobiliario del siglo diecinueve americano.

La cama iría bien con rosas pintadas sobre la pared... Dejó vagar su mente un rato hasta que se puso a tomar apuntes y hacer bocetos. Finalmente, empezó a pensar en las combinaciones de colores que utilizaría.

Cuando empezó a estar incómoda en el suelo, se sentó en la cama. El colchón olía a humedad y no estaba liso, pero le servía de asiento. Se tumbó, incluso, para estudiar el dosel e imaginar cómo quedaría con un tela que fuera similar a la original.

—¿Holgazaneando en horas de trabajo? —oyó que le preguntaba una voz familiar.

—¿Es una costumbre nueva eso de sorprenderme en situaciones delicadas?

—Bienvenida a casa —contestó Jack, esbozando una sonrisa desde la entrada.

Laura no debería haberle mirado, ya que se le formó inmediatamente un nudo en el estómago. No era justo que mientras la mayoría de los chicos guapos habían perdido el pelo o se habían puesto gordos, Jack estuviera todavía más guapo con el paso de los años.

—¿Cómo has entrado?

Laura estaba segura de que había cerrado la puerta de la calle.

—¿Vas a empezar con este dormitorio?

El tono de su voz la hizo darse cuenta de dónde estaba: tumbada en la cama más grande que había visto en su vida, como una mujer que estuviera esperando a su amante. Bueno, la ropa no era la adecuada, pero se sentía tan frágil como si estuviera en ropa interior.

Rápidamente se levantó y comenzó a recoger sus cosas, tratando de dar un aspecto profesional.

—Sí, voy a empezar por aquí. Ahora necesito algunas cosas de la furgoneta.

Lo que necesitaba en realidad era alejarse cuanto antes de Jack.

Al ir hacia la entrada, le pareció que se movía a cámara lenta. De pronto, sus miradas se encontraron.

Él no se movió. Permaneció en la puerta, mirándola con sus ojos azules. Nunca la había mirado así cuando ella tenía dieciséis años y lo único que deseaba era convertirse en su novia. ¿Por qué lo tenía que hacer en ese momento?

—Yo trabajo aquí también –comentó él.

—¿Qué?

—Que estoy trabajando en la restauración de la mansión McNair.

Laura se paró en seco. Una horrible premonición se cernió sobre ella.

—¡Oh, no! No me digas que eres el carpintero con el que voy a trabajar.

Jack asintió. Lo hizo tan relajadamente, que ella volvió a convertirse en una colegiala confundida.

—Pues tendrás que decirle al comité que has cambiado de opinión– le dijo.

—Imposible. Ya empecé mi trabajo la semana pasada. Mira el alféizar de la ventana –aseguró, señalando una parte de madera nueva y más clara que la original–. Y también quité un par de nidos de ratas que había en el colchón donde estás sentada –añadió, observando uno de los bultos que tenía la cama–. Espero que no haya más.

—Pero no puedo trabajar en la misma casa que tú.

—¿Por qué no, Laura?

—Pues... porque no.

—Mira, lo siento. Me porté muy mal cuando íbamos al instituto, pero de eso hace ya mucho tiempo. Estoy seguro de que podemos trabajar juntos ahora.

16

¿Eso era para él una disculpa? ¿Después de haber arruinado casi su vida? No tenía ganas de discutir sobre el pasado con él. Ni en ese momento, ni nunca.

—No es nada personal, es una decisión profesional. Solo trabajo con personas a quienes conozco... y en las que puedo confiar.

Jack dejó de sonreír y sus ojos adquirieron un tono frío.

—Te aseguro que tengo muy buenas referencias laborales.

—¿De tus clientas? No me vale.

Laura hizo ademán de salir, pero él le bloqueó la entrada.

—Esto no tiene nada que ver con mi trabajo. Esto es por Cory, admítelo.

—No seas tan vanidoso, Jack. Eso ocurrió hace mucho tiempo.

—Siempre he querido explicarte...

—Estabas saliendo conmigo y dejaste embarazada a otra chica. ¿Qué hace falta explicar?

—Nosotros no estábamos saliendo exactamente. Tú tenías dieciséis años, ¡por el amor de Dios!

—Y Cory tenía dieciocho cuando te dejaba que la acompañaras, además de otras cosas.

Laura se dio cuenta de que él iba a decir algo, pero hizo un gesto para detenerlo. No quería abrir viejas heridas.

—De todas maneras, todos hemos cambiado desde entonces —añadió—. ¿Cómo está Cory?

—Está bien. Trabaja en un canal de televisión privado en California.

—Impresionante. O sea, que sigue consiguiendo todo lo que se propone, ¿no es así?

Fue un golpe bajo y Laura sintió una punzada de satisfacción cuando vio la expresión de rabia de

Jack. A este no le gustaba que hablaran de él como si fuera un objeto sexual, pero era lo que había sido para Cory Sutherland. Si no se hubiera quedado embarazada, se habría deshecho de él antes de marcharse, atraída por las luces de cualquier gran ciudad.

Laura se dio cuenta de que Jack ya no estaba apoyado en la entrada del dormitorio, sino que había retrocedido hasta el salón.

–¿Viene a menudo a Laroche?

–No demasiado –contestó Jack, dando otro paso hacia atrás.

–¿Y qué pasa con el niño?

–Bueno, es una niña. Y tiene ya once años –contestó Jack, soltando una carcajada sincera–. Se llama Sara y está viviendo conmigo desde que nos divorciamos. Es encantadora.

–¿Cuándo ve a su madre?

–Va a verla todos los años para su cumpleaños. Cory no es una mujer maternal –contestó, ya en el vestíbulo.

–¿Y tú? ¿Eres paternal?

–Somos felices los dos juntos –su tono de voz indicaba que no quería seguir hablando del tema.

Laura lo miró fijamente a los ojos.

–Me alegro por ti, Jack. Pero sigo diciendo que no podemos trabajar juntos.

–¿Por qué no?

Laura trató de encontrar una razón que no le hiciera pensar que todavía seguía enamorada.

–Porque a mi novio no le gustaría, por eso –contestó finalmente, sorprendiéndose a sí misma.

Jack salió a la calle.

–Ah ya, el hombre con el que tienes unas relaciones sexuales tan estupendas.

Laura lo miró con las manos en las caderas, concentrándose en no sonrojarse.

—Peter es muy celoso —lo cuál era cierto. De hecho, esa era la verdadera razón por la que lo había dejado.

—¿De verdad?

—De verdad. Y como ya he pedido algunas cosas y he empezado a diseñar el mobiliario, tendrás que marcharte tú.

Jack movió la cabeza negativamente.

—Tu novio es problema tuyo. Yo no voy a marcharme.

Entonces, sin decir una palabra más, se dio la vuelta y Laura oyó cómo salía a la calle.

Se dejó caer en el suelo y miró a la cama. Parecía que las ratas no se habían ido de allí del todo.

Luego oyó que arrastraban algo por el suelo del vestíbulo. Tamborileó con los dedos sobre el suelo y trató de reprimir el deseo de marcharse para siempre de allí, ya que se negaba a dar a Jack la satisfacción de hacerla abandonar la isla por segunda vez.

Pero, ¿por qué iba a hacerlo? Le encantaba ese lugar. Además, sus respectivos trabajos no eran compatibles en el mismo lugar. De hecho, si no fuera porque la fecha límite para terminar el proyecto no estaba muy lejana, ella no empezaría a trabajar hasta que toda la carpintería estuviera terminada.

De acuerdo, se dijo. Jack no era el carpintero que ella habría elegido. Pero como ya estaba hecho, podrían trabajar sin relacionarse el uno con el otro.

Se levantó despacio, pero decidida. Tenía que llamar a Stan y se dijo que en el transcurso de la llamada tendría que concienciarse de que iba a tener que trabajar con Jack.

No había problema.

Mientras bajaba las escaleras, le llegó el olor de madera nueva. Jack estaba llevándola al comedor, donde había colocado un taller temporal. Se había quitado la camiseta y se había puesto unos guantes de cuero. Ya no era un adolescente, pero el tamaño de sus músculos demostraba que estaba en buena forma.

Solía tomarla en aquellos brazos cuando se veían...

Le vino a la mente la imagen de sí misma en los brazos fuertes de Jack. Lo imaginó acariciándole los senos con aquellas manos cubiertas con guantes de cuero y le sorprendió sentir un intenso calor en su interior. Sus pezones se pusieron duros. Quizá Jack tenía fallos como persona, pero su físico era tan impresionante, que solo con mirarlo se estremecía.

«Se mira, pero no se toca», se dijo mientras continuaba bajando.

En ese momento, Jack miró hacia arriba con una expresión interrogante.

Aunque no le preguntó nada, Laura contestó.

—Me marcho. Creo que me he puesto un poco nerviosa hace un rato. Me estaba olvidando de que para ponerme a trabajar en la habitación, tiene que estar terminada toda la carpintería, así que apenas nos veremos. Peter no tendrá nada de lo que ponerse celoso —añadió con una cálida sonrisa.

Laura se sorprendió cuando Jack esbozó una sonrisa de depredador.

—Señorita, eso parece un reto que ningún hombre con sangre en las venas podría resistir.

En esa sonrisa, había tanto humor como testosterona y Laura no pudo evitar que los labios le temblaran.

—Te aseguro que no soy tan impresionable como cuando tenía dieciséis años, Jack.

—Ya veremos.

¿En qué demonios estaba pensando?, se dijo Jack, maldiciéndose y viendo cómo Laura salía de la casa.

Había pensado que aquel proyecto les podía hacer olvidar su vergonzoso comportamiento y reiniciar la amistad que compartían de niños. Y en lugar de ello, la empezaba a provocar descaradamente.

El problema había sido que cuando él había aceptado el trabajo en la mansión McNair, había imaginado que Laura sería la misma niña que jugaba con él de pequeña.

No se le habría ocurrido jamás que se hubiera convertido en una mujer tan endiabladamente sexy.

Aunque no sabía por qué le resultaba tan atractiva. Porque en realidad parecía un espantapájaros, con aquellas batas que se ponía y el pelo sin recoger.

Lo cierto era que nunca había conocido a ninguna mujer que resultara tan guapa con tan poco esfuerzo. Si llevaba algo de maquillaje, desde luego no lo parecía. Tampoco parecía que se peinara nunca. Pero eso no disimulaba el brillo de sus ojos marrones y de su piel cremosa que no necesitaba maquillaje, ni esos labios carnosos de modelo.

Y si ella creía que esas batas y jerséis disimulaban sus curvas, se equivocaba. Las resaltaban de un modo terriblemente insinuante. De hecho, le iba a costar mucho trabajo mantenerse alejado de ella.

Pero tampoco iba a haber lugar para que se acercara a ella. Según parecía, no iban a trabajar en el mismo piso.

Cuando ella regresó, varias horas más tarde, él se estaba preparando para marcharse. Laura iba con una escalera bajo un brazo y una lata de pintura industrial en la otra mano.

—Déjame ayudarte.

—No hace falta.

Pero él ya le había quitado la lata.

Laura se adelantó, murmurando algo entre dientes. Jack creyó oír que lo llamaba hombre de Neandertal, pero no pudo asegurarlo.

Cuando dejaron sus respectivos bultos en el dormitorio principal, ella se volvió hacia él, con las manos en las caderas y una expresión desafiante.

—En mi trabajo, yo llevo mis cosas, Jack.

—No te olvides que me educaron tus padres. Iría al infierno si tu abuelo supiera que dejo que una mujer lleve una lata de veinticinco kilos de pintura sin ayudarla.

Laura abrió la escalera.

—Creo que es una costumbre saludable que en sociedad le abras la puerta a una mujer o le ofrezcas la silla, pero ahora estamos trabajando. Y en el trabajo no hay que hacer distinciones por sexo, gracias.

—Bueno, entonces perdona. No era mi intención molestarte.

Laura alzó la vista. La dureza había desaparecido de su boca.

—Deberías conocerme lo suficiente como para saber que quiero ser tratada como cualquier otro profesional.

—No se puede decir que te conozca, ya que no te había visto desde que terminaste la escuela de arte y te marchaste.

–Me has visto cada vez que he venido a visitar a mi abuela.

–No si tú me veías antes.

–No sé de qué estás hablando.

–De que me has estado evitando todo este tiempo.

Jack se acercó a ella.

–¿Por qué iba a hacer una cosa así?

–No lo sé, ¿por qué ibas a hacerlo? A menos que todavía sigas enfadada por lo que ocurrió.

–Jack –lo miró, clavándole sus grandes ojos marrones–. Escucha bien esto. Te aseguro que te he perdonado. El que me dejaras por Cory fue el mejor favor que me podías haber hecho.

–¿Qué?

Jack estaba tan acostumbrado a sentirse culpable por haberle roto el corazón cuando era una adolescente, que fue un choque enterarse de que había sido todo lo contrario.

–Me hiciste madurar –explicó, mirando hacia abajo.

–Stan dice que tienes problemas con tu sexualidad.

Laura volvió a mirarlo a los ojos.

–Stan lee demasiados libros de autoayuda. No tengo problemas, de verdad.

–Demuéstralo.

–¿Cómo?

–Bésame.

¿Por qué habría dicho eso? La idea sorprendió tanto a Jack como a Laura. Aunque la idea tenía cierto atractivo, se dijo Jack.

–No seas ridículo.

Laura tenía el labio inferior brillante porque se lo había estado mordiendo.

–Creo que Stan tiene razón. Tienes miedo.

Jack estaba provocándola. La Laura madura era tan intrigante, que él tenía que averiguar dónde estaban sus límites.

Laura lo miró unos segundos y luego, antes de que él se diera cuenta de lo que estaba sucediendo, agarró su rostro entre las manos y se acercó. Jack abrió la boca para protestar, pero ella se la cubrió con sus labios suaves.

De acuerdo. No fue un beso sensual y sexy precisamente. Laura se chocó con su barbilla y él probablemente iba a necesitar una visita al dentista cuando ella terminara de triturar sus dientes entre las manos. Pero sus labios no eran rígidos. Eran suaves y calientes, y desde luego muy apetecibles.

La impresión se convirtió en sorpresa. La libido de Jack se había liberado por completo y estaba planeando muchas otras cosas. Jack rodeó a Laura con sus brazos y la apretó contra su cuerpo. Notó la bata y el jersey de lana, pero también las curvas bajo aquellas ropas anchas.

Por un segundo, ella se dejó abrazar. Luego intentó liberarse.

Él se quedó quieto, tratando de recuperar el aliento mientras ella llevaba la lata de pintura hasta el extremo de la habitación con una calma total.

—¿Quieres discutir alguna cosa más? —le preguntó ella con voz dulce.

Capítulo Tres

Las botas de Jack sonaron sobre la gravilla. Al ver la silueta tras la ventana encendida, tuvo aquella familiar sensación de culpa.

Entró en la cocina y vio que su hija estaba lavando con agua fría los espaguetis que había sacado de una olla.

—¿Cómo está mi niña?

La niña alzó la cara, enrojecida por el vapor. Llevaba su cabellera rubia recogida en la nuca.

A los once años, Sara empezaba el paso de niña a mujer y prometía rivalizar con su madre en cuanto a belleza. Lo único que parecía haber heredado de Jack eran los ojos. No eran verdes y redondos como los de Cory, sino azules y en forma de almendra.

—¡Hola, papá!

—Huele muy bien, Sara. Pero me toca a mí hacer la comida.

—No te preocupes, papá. Tú puedes fregar los platos luego.

La observó mientras ponía la salsa sobre la pasta. La mesa ya estaba puesta y el pan en la cesta. Sara era tan responsable... demasiado. Cualquier niña a su edad debería estar jugando, en vez de encargarse de la casa.

—¿Qué tal te ha ido el día, cariño?

La niña hizo una mueca.

—Me figuro que bien. He sacado muy buena

nota en el examen de biología. Pensaba enseñártelo, pero Ryan Bailey me lo quitó y lo tiró por la ventana. Le llevaron al despacho del director... otra vez.

–Apuesto a que le gustas.

–¿A Ryan Bailey? –preguntó ella, mirando a su padre como si se hubiera vuelto loco–. ¡Noooo!

Comieron en silencio.

–¿Por qué me iba a tirar el examen por la ventana si le gusto? –preguntó finalmente.

–Cosas de chicos.

–Eso es muy inmaduro.

–Lo sé.

Jack pensó entonces en Laura y en su beso. Hablando de inmadurez, él se había comportado de un modo tan infantil, como Ryan Bailey. Aunque su truco había surtido efecto... y le había proporcionado un beso. Uno solo, aunque bastante dulce. Se preguntó qué más trucos tendría que inventarse para conseguir que volviera a besarlo.

–¿Qué tal la casa vieja? –le preguntó su hija, interrumpiendo sus pensamientos.

–Va a ser un trabajo enorme, pero la casa quedará preciosa.

Lo dijo sinceramente. Cada vez que visitaba a la abuela de Laura, se daba cuenta del talento de esta. Laura había restaurado la casa y había hecho también algunos trabajos en otras casas de la isla. Incluso el periódico local había hablado muy bien de ella. Sabía también lo mucho que Laura amaba la mansión McNair y estaba completamente seguro de que sería su mejor obra. Y él se encargaría de que su parte fuera igual de buena.

–¿Podría ir un día después del colegio?

–Claro. La semana que viene ya habrá algo hecho. Laura habrá empezado a decorar algunas habitaciones de arriba. ¿Vas a querer ganar a tu padre al ajedrez esta noche?

Ella movió la cabeza.

—Lo siento, tengo muchos deberes que hacer.

Así que, después de la cena, Sara subió a su habitación y Jack se quedó en la cocina fregando los platos.

Recordó que había puesto la ropa recién lavada en la secadora y fue a recogerla, pero vio que ya estaba doblada sobre su cama. De nuevo le asaltó la culpa. Su hija era demasiado seria. ¿Por qué no la enviarían de vez en cuando al despacho del director castigada con Ryan Bailey en vez de sacar buenas notas y doblarle la ropa?

No era que se quejara. Estaba muy orgulloso de ella, pero en alguna parte, en lo más profundo de su ser, sentía a veces miedo. Miedo de que la niña no supiera divertirse. Quizá él se había esforzado tanto por que no fuera como su madre, que le había robado toda la alegría.

Lo peor de los padres solteros era que no podían compartir los problemas con nadie. En otras circunstancias, iría a ver a la abuela de Laura. Ella siempre lo aconsejaba con sabiduría, pero su nieta estaba allí...

Laura.

No quería pensar en ella. Agarró un par de pantalones cortos del montón de la cama y se los puso.

—Voy a salir a correr, hija. En seguida vuelvo —gritó.

—De acuerdo, papá —fue la respuesta.

Jack dejó que el ritmo de sus pies contra el suelo y la respiración le calmaran poco a poco. Era una noche tranquila. Solo se oía el murmullo del mar, el sonido de sus pies y su respiración. La noche era clara y fría. Las estrellas brillaban como trocitos de hielo en la distancia. Cuando encontró el ritmo adecuado, dejó que su mente comenzara a vagar.

Se acordó de Laura. Estaba desconcertado con ella. Parecía tan diferente de lo que recordaba... En lo primero que se había fijado era en su pelo. De pequeña, siempre lo había llevado largo, generalmente recogido en una trenza. Al parecer, se lo había cortado, y no lo llevaba nada arreglado. Como tampoco parecía cuidar el resto de su indumentaria.

Por otra parte, parecía que había superado la atracción física que sentía por él. Aquellos enormes ojos marrones que lo habían mirado siempre con adoración en el pasado, ahora lo hacían como si fuera una maldita termita.

Además, tenía novio.

Jack comenzó a correr más deprisa. Iba por una pendiente y se esforzó hasta que le dolió el pecho. Tenía la camisa tan sudada, que se le pegaba a la espalda.

Cuando se había liado con Cory, había perdido mucho más que una niña que lo miraba con admiración, había perdido a su mejor amiga. Y eso era lo que más echaba de menos, pensó al admitir lo mucho que le dolía el rechazo de Laura.

A la mañana siguiente, Laura ni siquiera miró hacia el camión verde que había aparcado frente a la casa. Subió directamente escaleras arriba con las manos llenas de cosas y se metió en el dormitorio principal. Por lo menos, eso era lo que había planeado. Pero al llegar a la entrada, se quedó helada.

Jack estaba con unos vaqueros ceñidos en medio de la habitación. La parte de arriba de su cuerpo estaba dentro de un agujero en el suelo, mientras que la parte de abajo...

A Laura le dio un vuelco el corazón. Jack estaba haciendo algo que le hacía mover las caderas. Laura sintió el absurdo deseo de meter las manos en los bolsillos traseros de esos pantalones. Los bolsillos estarían calientes por el calor de su cuerpo...

También se le había salido la camisa del pantalón, revelando un triángulo de carne morena justo encima de la cadera. Observó, hechizada, cómo el trozo se hacía más grande. Luego la invadió una sensación de rabia.

—¿Qué demonios estás haciendo?

Entonces se oyó un grito de dolor. Jack salió del agujero y comenzó a rascarse la cabeza con la mano.

—Buenos días.

Laura se cruzó de brazos y lo miró.

—¿Qué estás haciendo?

Jack hizo una mueca y continuó frotándose la cabeza.

—¿Tengo sangre? —preguntó, levantándose.

—La tendrás si no me contestas en seguida.

Jack se volvió.

—Estaba comprobando el suelo. No está muy mal. No tiene mucha humedad.

—Maravilloso. ¿Así que voy a tener todo lleno de polvo mientras pinto? Te advierto que no sé qué tal quedará ese efecto.

—Creía que había acabado mi trabajo en esta planta, pero, arreglando el techo de la planta de abajo, encontré un agujero y vi que el suelo de esta planta estaba también dañado —le explicó—. Lo siento, acabaré lo antes que pueda.

Era una explicación bastante razonable y debería haberle valido. Pero tratándose de Jack eso no era posible, ya que ni siquiera podía estar un rato en la misma habitación que él.

–Habíamos acordado que tú trabajarías abajo y yo arriba, ¿recuerdas? Así que mientras termino esta habitación, tú puedes trabajar en cualquier otra parte salvo aquí.

–¿Quieres decir que tendré que estar todo el tiempo pendiente de tus movimientos? Eso no tiene sentido.

A ella no le gustaba el modo en que la afectaba la presencia de él y deseó en silencio que se metiera la camisa en el pantalón.

–Te diré lo que vamos a hacer –dijo, agachándose para sacar un rollo de cinta aislante de color azul–. ¿Ves esto? –añadió, agitándola delante de sus ojos–. Pues pegaré un trozo en el umbral de la puerta de la habitación en la que esté trabajando.

Se acercó a la puerta e hizo una «X» en el suelo con la cinta aislante.

–¿Lo ves? Es muy sencillo. Cuando veas esta marca, no pases.

Él se acercó a ella con los ojos brillantes.

–Me parece una idea estupenda –dijo con un tono sospechosamente amable–. Yo utilizaré cinta amarilla para marcar dónde estoy trabajando –añadió, sonriendo de un modo aún más sospechoso.

Laura frunció el ceño mientras lo observaba salir de la habitación.

–Eso sí –dijo él, volviéndose–, ten cuidado de no caerte en ningún agujero.

Entonces ella se dio cuenta del estado en que se había quedado la habitación.

–Oh, vuelve ahora mismo y arregla este agujero. ¡Jack! –gritó, pero él bajó las escaleras sin contestar–. Muy bien, tú lo has querido –añadió para sí.

Laura agarró el rollo de cinta aislante y fue habitación por habitación de la planta de arriba, señalando con una «X» la entrada a cada una de ellas. Finalmente, puso también una «X» donde terminaban las escaleras.

Luego volvió a la habitación principal y ordenó sus cosas alrededor del agujero del suelo, disponiéndose a trabajar.

Y eso fue lo que estuvo haciendo hasta que su estómago le recordó que era hora de almorzar.

De repente, cuando estaba ya bajando las escaleras, se detuvo en seco al ver una enorme «X» de color amarillo en medio de la escalera, interrumpiendo el paso.

–Oh –exclamó ella, sintiéndose ultrajada.

Iba a arrancar la cinta cuando de repente se dio cuenta de que Jack estaba a su lado.

–No toques esa cinta –le ordenó–. Aquí es donde estoy trabajando yo.

–¿Y cómo sugieres que entre y salga de la casa?

Él se encogió de hombros.

–Esto se te ocurrió a ti –dijo, mirándola divertido.

Laura pensó que aunque tuviera que anudar unas cuantas sábanas y escalar por la fachada para entrar y salir, lo haría.

–Muy bien –dijo, dándose la vuelta y subiendo las escaleras. Entonces se acordó del árbol que llegaba hasta la ventana de la habitación.

Sin embargo, cuando abrió la ventana, vio que el cerezo estaba demasiado lejos como para bajar por él.

Comenzó a pensar cómo podía salir de allí. Si

hacía falta, gritaría «fuego» para que fueran a sacarla los bomberos.

Nada más pensar aquello, le vino la solución a la mente: la salida de incendios. Corrió al vestidor de la habitación principal y vio que dicha salida se limitaba a una escalera de cuerda, sujeta a la ventana. Algo que tendrían que cambiar en el futuro, pero que le valdría en ese momento.

Con los dientes apretados, arrojó la escalera por la ventana. Luego se subió al marco y, después de cruzar los dedos, se agarró a la escalera.

Se sintió como si volviera a ser una cría.

Fue bajando escalón a escalón con mucho cuidado, cuando de pronto, se rompió uno de ellos.

–Oh, Dios –gritó, agarrándose con todas sus fuerzas.

Aunque sabía que no debía mirar hacia abajo, no pudo evitar hacerlo. Entonces comprobó, aterrorizada, que le quedaban unos diez pies para llegar al suelo.

Entonces se resbaló por la cuerda, quemándose las manos, hasta que sus pies dieron con el siguiente escalón, que también se rompió. Afortunadamente el siguiente aguantó.

Al mirar de nuevo abajo, vio que ya solo le separaban tres pies del suelo, así que cerró los ojos y saltó.

Antes de llegar al suelo, sintió como dos fuertes brazos la sujetaron.

Al darse la vuelta, se encontró cara a cara con Jack, que la estaba mirando divertido. Laura sintió un gran calor en los brazos, donde le estaban tocando sus grandes manos. Sonrió a su vez y lo miró a los ojos. Su increíble azul la tranquilizó de inmediato. Y cuando le llegó el aroma de la primavera, mezclado con el de Jack, sintió el impulso de abrazarlo.

Pero en seguida recuperó el control de sí misma y se apartó de él. Jack la agarró las manos y le tocó las quemaduras que había en sus palmas.

–Será mejor que te eches crema –le aconsejó.

Ella retiró las manos al mismo tiempo que descubría que no estaban solos.

La presidenta del comité de la mansión estaba mirándolos extrañada.

–¿Es que no funciona la puerta, querida? –le preguntó la señora Walters.

–Eso es, Laura –dijo Jack con tono inocente–. Cuéntanos por qué has bajado por la escalera de incendios.

Ella lo miró con ganas de matarlo antes de volverse hacia la mujer, adoptando una expresión inocente.

–Solo estaba comprobando que en el caso de que hubiera alguna emergencia, la casa tenía alguna otra salida.

–Me parece muy sensato –contestó ella–. Venía a informaros de que el próximo miércoles hay una reunión del comité y nos gustaría que vinierais a contarnos cómo marcha el trabajo.

–Muy bien –dijo Laura.

–Encantados –añadió Jack.

–Quizá descubramos finalmente quién es nuestro misterioso benefactor.

–¿Misterioso benefactor? –preguntó Laura.

–¿Es que no te lo ha contado Jack?

–No.

–Si no hubiera sido porque alguien ha puesto dinero, la casa habría tenido que ser finalmente derribada, a pesar de todos nuestros esfuerzos.

Laura tuvo que hacer un gran esfuerzo para no sonreír. Era evidente que la mujer estaba emocionada con aquel misterio.

–¿De veras?

–Sí. Bueno, ya sabes lo mucho que cuesta restaurar una casa como esta –movió la cabeza tristemente–. No te imaginas lo mucho que trabajó el comité, pero todo fue inútil hasta que un día el alcalde nos anunció que había un benefactor anónimo que estaba dispuesto a poner más de la mitad del dinero que hacía falta.

La mujer hizo una pausa.

–A todos nos encantaría saber quién es, pero hasta ahora no ha querido identificarse. Ni siquiera tu abuela sabe de quién se trata, y eso que ella siempre está enterada de todo lo que sucede en la ciudad.

Laura dejó que el sol primaveral bañara su rostro. Esos rumores típicos de las ciudades pequeñas, el olor a mar y la visión de la mansión McNair eran parte de su herencia. Sí, estaba contenta de haber vuelto.

–Y ahora, debo irme –añadió la señora Walters–. Nos veremos en la reunión.

Cuando Laura se volvió hacia Jack y vio su sonrisa, se olvidó de las quemaduras en las manos.

–¿Qué te parece si firmamos una tregua? –propuso él.

–¿Por qué?

–Porque si te rompes el cuello cuando tengas que subir de nuevo, el proyecto se retrasará y tenemos una agenda muy apretada.

–Gallina. Si no fuera porque tienes una hija, no te pondría las cosas tan fáciles –dijo ella, sonriéndole a su vez.

Jack se sobresaltó al oír el despertador. Comprobó que eran las cinco de la mañana y se levantó.

Cuando pasó por la cocina, miró la cafetera con ganas de tomarse una taza, pero si lo hacía, no le daría dado tiempo a regresar para desayunar con Sara. Así que salió para dirigirse a la mansión McNair.

Con sus herramientas y unas cuantas maderas, subió a la habitación principal y sonrió al ver que Laura había añadido una nueva cruz azul en la entrada a la tercera planta.

Sonrió en la semipenumbra, pensando en lo poco que había cambiado Laura. Seguía siendo igual de valiente que cuando era niña y se subía a los mismos árboles que se subía él para demostrar que no tenía miedo. De esa manera, había arriesgado su vida muchas veces. El día anterior, él la había puesto en peligro una vez más, y se había pasado todo el resto del día preocupado por la posibilidad de que se cayera por el agujero del suelo.

Así que encendió la luz, apartó sus cajas y se puso a trabajar.

Cuando acabara, nadie podría haber dicho cuál era la zona del suelo arreglada.

Le gustó la idea de estar trabajando en la misma habitación que estaba decorando Laura. Pero, de pronto, recordó el daño que le había hecho en el pasado. Ella no se había casado y la abuela nunca le había contado nada de sus novios. Así que no tenía ni idea de quién sería el tal Peter.

Para Jack ella había sido siempre como la hermana pequeña que nunca había tenido. Y ella lo adoraba cuando era una cría.

Pero un día, en el jardín de esa casa, cuando él tenía diecinueve años y ella dieciséis, se quedaron mirándose el uno al otro en silencio. Los ojos de ella habían reflejado la misma admiración de siempre y él no había podido evitar besarla.

Al principio, ella se había quedado rígida, debido a la sorpresa, pero luego se había apretado contra él. Jack había descubierto entonces que ella ya tenía un cuerpo de mujer.

Laura no tenía mucha experiencia besando, pero había suplido su falta de técnica con un gran entusiasmo. A partir de entonces, comenzaron a besarse a menudo y, en seguida, ella se convirtió en toda una experta.

Se acordaba perfectamente de que por aquella época él estaba siempre excitado y sentía una gran curiosidad por el sexo. Por otra parte, sabía que Laura era todavía muy joven.

Una tarde lluviosa en que sus padres no estaban, se estuvieron besando en el sótano. En un momento dado, ella lo miró con los ojos brillantes.

–Te quiero –le dijo.

–Oye, no digas eso –respondió él.

–Pero es que es cierto y me gustaría que supieras que quiero... hacerlo.

–¡Oh, maldita sea! –gritó Jack, que estaba tan ensimismado recordando el pasado que se había golpeado en el pulgar con el martillo.

Se había preguntado muchas veces qué habría ocurrido si lo hubieran «hecho» entonces. Seguramente, todo habría sido distinto. Pero él se había sentido invadido siempre por una extraña caballerosidad en todo lo relacionado con Laura.

–Todavía no, Laura –le había contestado él, besándola–. Esperaremos a que seas mayor y estés segura.

–¡Pero si estoy segura! –exclamó con lágrimas en los ojos–. Sé que te amaré siempre.

—Esperaré a que crezcas –le había prometido él. Y en ese momento, era sincero.

Cuando Laura llegó, no vio la camioneta verde de Jack por ninguna parte, así que pensó que no había llegado todavía. Sin embargo, nada más entrar, con un radiocasete en la mano, se dio cuenta de que la cruz amarilla de la escalera había desaparecido.

Luego, cuando entró en la habitación principal y fue a enchufar el radiocasete, se dio cuenta de que el agujero del suelo también había desaparecido.

¿Cuándo había ido Jack a arreglarlo? Pensó, consciente de que habría tardado varias horas en tapar el agujero.

Poco después, estaba subida a la escalera, restaurando la pintura de las paredes. Se había puesto música clásica y no podía dejar de preguntarse por qué habría ido Jack a arreglar el suelo durante la noche. Seguramente, no habría sido por ella, se dijo, aunque lo cierto era que se sentía íntimamente complacida.

Unos minutos después, el ruido de un martillo la informó de que no estaba sola en la casa. Así que subió la música.

De pronto, comenzó a oír que desde abajo llegaba música rock. Entonces se bajó de la escalera y subió aún más el volumen de su radiocasete.

Sin embargo, Vivaldi y Bruce Springsteen no pegaban demasiado juntos. El ruido añadido de una sierra eléctrica, la hizo estropear la rosa que estaba pintando. Justo en el momento en que iba a chillar de rabia, sobrevino un súbito silencio y todas las luces se apagaron.

Era como si la casa hubiera decidido poner fin a la pelea entre ambos.

Avergonzada, se bajó de la escalera y desenchufó el radiocasete.

Poco después, volvió la luz, pero ya solo se podía oír el ruido de la sierra eléctrica.

Capítulo Cuatro

–¿Quieres café?

Laura se sobresaltó al oír la voz de Jack, que estaba en la puerta de la habitación con dos tazas de café y un termo.

–¿Quieres que hagamos las paces? –preguntó ella desde lo alto de la escalera. Solo de pensar en tomarse un café se le hacía la boca agua y, por otro lado, su cuello necesitaba un descanso.

–Supongo que sí. Nunca nos gustó la misma música, ¿verdad?

Laura sabía que no era una buena idea intimar con Jack, pero luego se fijó en el suelo que él había arreglado y además... el café olía estupendamente.

–Está bien, tomaré un café contigo, pero déjame acabar esto.

Laura oyó detrás de ella el ruido del café cayendo en las tazas. Luego la habitación se quedó en silencio y tuvo la sensación de que Jack la estaba observando.

–¿Por qué Laroche ha decidido de pronto restaurar esta casa? –le preguntó, tratando de ser cordial.

–Un constructor hizo una oferta para derribarla y construir un bloque de apartamentos –explicó él.

–¿Apartamentos?

Él se rio entre dientes.

–¿Es que no te parece una buena idea?

–Pues no, ¿y a ti?

–Bueno, es el progreso –respondió él, encogiéndose de hombros–. Esos apartamentos contribuirían a que viniera más gente a Laroche y sería bueno para la economía de la ciudad.

–Oh, vamos, a ti te gusta tanto esta casa como a mí. ¿Te acuerdas cuando nos metíamos a jugar?

Él había quitado alguno de los tablones que tapaban las ventanas para colarse dentro.

–¿Por qué te gusta tanto esta casa? –le había preguntado un día Jack.

–¿Es que no lo notas? Hay felicidad en el ambiente. Esta casa fue hecha con mucho amor.

–¿Con amor? –se burló él–. Mi padre me ha explicado que lo que hace especial esta casa es la madera con la que fue construida.

Laura apenas escuchó su explicación, pero sí le prestó atención cuando dijo con arrogancia adolescente que algún día esa casa sería suya.

«Nuestra», le había corregido ella en silencio. Y a pesar de que la casa estaba abandonada, ella se la imaginó de nuevo llena de vida. Incluso la decoró mentalmente.

–Supongo que fue entonces cuando decidí hacerme decoradora de interiores –dijo en voz alta.

–Hace mucho tiempo de eso –dijo Jack con un tono melancólico. Quizá él echara de menos su amistad de adolescentes tanto como ella.

–Sí. Pero es curioso que hayamos acabado los dos trabajando aquí –aseguró ella, decidiendo tomarse un descanso y disfrutar de una taza de café.

Se bajó de la escalera e hizo movimientos rotatorios con el cuello.

Jack, que estaba sentado relajadamente en el suelo y con la espalda apoyada en la pared, le alcanzó una taza de café humeante. Ella la agarró y se sentó junto a él.

«Muy bien, esto es solo una tregua. No pasa nada», se dijo ella.

—¿Qué tal va tu trabajo en la planta de abajo?

—Parece que van a quedar bien las paredes —dijo él al mismo tiempo.

Ambos se callaron y se miraron, sonriéndose.

—Si quieres, puedes volver a poner tu música clásica —comentó Jack, pasando por encima de ella y enchufando el radiocasete.

Al hacerlo, su brazo rozó el de ella. Segundos después, comenzaba a sonar *La Primavera*, de *Las Cuatro Estaciones*.

Ella trató de disimular su nerviosismo y, fijándose en el dibujo de la taza que tenía él, sonrió. El dibujo representaba la cinta de un premio y dentro podía leerse: «Al mejor papá».

—Sara me la regaló hace un par de años por el día del padre —le explicó Jack.

—Debe quererte mucho.

—Bueno, tampoco tengo que competir con nadie por conseguir su afecto —dijo amargamente—. Pero, sí, nos entendemos bien.

—Supongo que debe ser muy duro educarla tú solo.

Pero a Laura le resultaba muy difícil imaginarse a Jack como padre. Siempre le había recordado como aquel muchacho que solía llevar un balón de fútbol americano bajo el brazo. De hecho, su sueño había sido siempre convertirse en un jugador profesional.

—¿No te arrepientes de haber dejado el fútbol?

–Sí, mucho –dijo, mirándola a los ojos–. No sé si puedes entenderlo. Tú, al igual que casi todos los demás chicos, te fuiste de aquí. El único que se quedó fui yo –añadió, apartando la vista.

–Pero Jack... yo siempre creí que te gustaba vivir aquí.

–Y me gusta, pero eso no quiere decir que quiera vivir en un sitio donde todo el mundo conoce hasta el último detalle de ti.

Ella sintió el dolor que había en sus palabras y se dio cuenta de que Jack había sacrificado su carrera profesional para cuidar de su hija.

–Jack, y si quieres irte de la ciudad, ¿no podrías llevarte a Sara contigo?

–¿Y alejarla de todos sus amigos? No, después de que la abandonara su madre, necesita cierta estabilidad. Tú deberías saberlo mejor que nadie.

Laura se sintió como una tonta por no haberse dado cuenta. Su madre había simpatizado siempre con el movimiento hippie. Especialmente con lo que se refería al amor libre. De hecho, Laura había sido concebida en una furgoneta iluminada en una noche de luna llena. Por eso era por lo que su padre quiso llamarla Rayo de Luna. Su abuela puso punto final a todo aquello, y obligó a los padres a casarse. Pero fueron sus abuelos quienes la criaron mientras que su madre solo aparecía de vez en cuando por casa.

Laura supuso que quizá Sara deseara tener una madre tanto como lo había deseado ella de pequeña.

–Lo siento, Jack.

–Bueno, cada uno debemos asumir nuestra responsabilidad –aseguró él, mirando fijamente su taza de café–. Además, tener a Sara es lo mejor que me ha pasado nunca.

Laura asintió mientras se masajeaba el cuello.

–Solo que vino algo pronto.

–Sí –admitió él, bebiendo un trago de café.

De pronto, Jack agarró a Laura la mano con la que se estaba tocando el cuello.

–Date la vuelta –le ordenó.

–No es nada, solo lo tengo un poco agarrotado.

–Confía en mí –dijo, moviendo las manos como un mago–. Soy un manitas, ¿recuerdas?

Laura decidió aceptar su ofrecimiento y se giró para darle la espalda. Jack comenzó a tocarle el cuello. En un momento, dio con una zona que estaba especialmente tensa y comenzó a masajeársela.

Al poco rato, Jack metió las manos por debajo de su jersey y comenzó a tocarle los hombros. Ella iba a protestar cuando notó cómo se le relajaban los músculos. También sintió el cálido aliento de él sobre su espalda y le entraron ganas de apoyarse sobre su pecho sólido y...

De pronto, se puso rígida. ¿En qué estaba pensando?

–¿Te he hecho daño? –le preguntó él.

–No, ya estoy mucho mejor, gracias –dijo ella–. Y ahora, debería volver al trabajo.

–Si calientas un poco los músculos al levantarte y antes de acostarte, verás como tendrás menos tensión. Te lo dice todo un médico.

–Muy bien, doctor, pues será mejor que haga un chequeo a la salud del resto de habitaciones de la planta de arriba. Porque a finales de semana, habré acabado con esta –dijo ella, apuntándole con un dedo–. Y no quiero volverte a ver en la habitación en la que esté trabajando.

Jack fue hacia la puerta refunfuñando en broma, pero se volvió antes de salir.

–Tengo que ir al centro de la ciudad por otro trabajo. ¿Necesitas algo que no pueda esperar a mañana?

–No, ahora voy a terminar... –se quedó mirando la enorme cama–. Bueno, ¿puedes ayudarme a mover la cama?

–Oh, no, tal y como tienes el cuello, no puedes mover esa cama. Órdenes del doctor –añadió él al ver que ella abría la boca para protestar–. Traeré a un amigo para que me ayude a moverla antes de irme.

–A pesar de ser mujer, te aseguro que puedo moverla, Jack –dijo, yendo hacia la cama.

Pero él se interpuso en su camino.

–Esto no tiene nada que ver con que seas mujer. Si te haces daño en la espalda, no podremos acabar la casa a tiempo y eso acabaría con mi buena reputación.

–Bueno, pero asegúrate de que cuando llegue a esa pared, la cama no esté ya allí.

Él salió sin contestar.

–Antes no eras tan dominante –dijo ella, saliendo tras él.

–Y tú antes no eras tan cabezota.

–Jack, ¿estás ahí? –se oyó, de pronto, gritar a un hombre desde abajo.

–Estoy aquí –gritó él.

Poco después apareció un hombre moreno.

–Hola, Jack.

–Hola, Chipper –contestó él, dándole la mano–. No sabía que estabas en la ciudad.

–He venido a pasar unos días . Quiero preparar la casa para el verano –explicó el hombre.

Era un tipo enorme.

–¿Te acuerdas de Laura Kinkaide? –le preguntó Jack, haciendo un gesto hacia ella.

–¿Laura? ¿Del instituto? ¡Vaya, te has convertido en una belleza!

–Debe ser por la pintura que se me ha caído encima –bromeó ella.

Él se acercó y le dio un fuerte abrazo, que casi la deja sin respiración.

–Me alegro mucho de verte –dijo Chipper–. Venía a invitar a Jack a una barbacoa que vamos a hacer el sábado en mi casa de veraneo. ¿Por qué no vienes tú también?

–Oh, no, yo... no puedo –balbuceó Laura, a quien no le apetecía asistir a una especie de reunión de antiguos alumnos.

–No me puedes decir que tienes una cita, porque todos los tipos decentes del lugar van a venir a la barbacoa. De verdad, tienes que venir.

–Es que no puedo dejar a mi abuela...

–Pues tráetela. Jack pasará a recogeros, ¿verdad? –le preguntó a su amigo con los ojos brillantes por la emoción–. ¡Va a ser estupendo!

Y después de decir aquello, se volvió y se dirigió hacia las escaleras.

–Pero, Chip... –protestó.

–Oye, Chip, antes de irte, tienes que ayudarme a mover una cama –añadió Jack.

Mientras los hombres cambiaban de posición la cama, Laura trató de pensar alguna excusa para no ir a la barbacoa. Finalmente, decidió que Chipper no iba a dejarse convencer y que lo mejor sería fingir el sábado que estaba enferma.

–Entonces, ¿nos vemos el sábado? –le preguntó Chip, limpiándose el sudor.

–Claro –respondió Jack.

–Gracias por la invitación –dijo Laura. Luego

sonrió inocentemente a Jack al ver que la miraba sorprendido.

Aquella tarde, la casa parecía vacía sin la presencia de Jack. Vivaldi había dejado paso a Chopin y Laura estaba empezando a hartarse de pintar rosas. Por otra parte, cada vez le dolía más el cuello, pero no pensaba dejarlo hasta haber acabado las rosas de todas las paredes.

De pronto, tuvo la sensación de que alguien la estaba observando e inmediatamente pensó en que quizá hubiera fantasmas en la casa. Pero poco después, oyó pasos a su espalda. Era Cory Sutherland. Parecía incluso más joven y guapa que antes. Y como habían pasado doce años desde la última vez que la viera, decidió que era imposible que hubiera rejuvenecido. Sin duda, era un fantasma, pensó aterrorizada.

Finalmente, no pudo contener un grito y el fantasma se sobresaltó a su vez. Laura bajó de la escalera con piernas temblorosas.

—¿C... Cory? —dijo con un hilo de voz.

—Estaba... buscando a mi padre —respondió la jovencita.

—¿No está muerto? —dijo Laura, que sabía que el señor Sutherland estaba ya muerto cuando Cory llegó a Laroche.

Quizá, entonces, Cory estuviera muerta también, pensó mientras dejaba caer el pincel lleno de pintura al suelo.

—¡Muerto! —la chica la miró sin poder creer lo que acababa de oír—. Pero si lo he visto esta mañana en el piso de abajo...

Laura pensó que tenía que salir de aquella casa cuanto antes.

–¿Que el señor Sutherland estaba abajo esta mañana?

–¿Qué señor Sutherland? Yo estoy buscando a mi padre. A Jack Thomas.

Entonces Laura se dio cuenta de que la muchacha que la estaba mirando como si se hubiera vuelto loca, no era Cory, sino su hija.

–Oh, Dios, lo siento. Jack está perfectamente. Solo que ha tenido que marcharse –Laura respiró hondo, tratando de tranquilizarse–. Tú debes ser Sara.

–Sí.

–Te pareces mucho a tu madre.

A la chica también empezó a pasársele el susto.

–¿Te has creído que era mi madre? Pero, ¿cómo iba a estar mi madre buscando a su padre si está muerto?

–Ya lo sé.

–¿Creías que estaba buscando a un fantasma?

–Sí.

La chica se echó a reír.

–De hecho, pensé que tú también eras un fantasma –dijo Laura, echándose a reír también–. A propósito, yo soy Laura Kinkaide –se presentó cuando pudo volver a hablar–. De veras que es increíble lo mucho que te pareces a tu madre.

–Papá siempre dice que es muy guapa –dijo la chica, pero luego se sonrojó–. Oh, no quería decir...

Laura se dio cuenta de que la chica era mucho más dulce de lo que Cory había sido nunca. Al mirarla a los ojos, vio que eran iguales que los de Jack.

–Sí, tu madre es muy guapa, pero tú eres aún más guapa –le aseguró a la pequeña.

Sara la miró sorprendida, sin poderse creer lo

47

que acababa de oír. Y su inseguridad conmovió a Laura. Recordó que ella se había sentido igual de adolescente.

–¿Te importa que me quede hasta que vuelva mi padre?

Laura se dio cuenta de lo sola que debía sentirse. Exactamente igual que ella a su edad.

–Bueno, pero si te quedas, tendrás que ayudarme. Me lo debes por el susto que me has dado.

–Pero si yo no sé...

–Yo te enseñaré. Es muy fácil.

–Mi padre me enseñó un periódico en el que salías tú y hablaban de las casas que habías restaurado. No puede ser tan fácil, si...

Laura se alegró de oír que Jack se había fijado en aquel reportaje que le habían hecho hacía un año.

–Ya verás como sí que puedes hacerlo –insistió–. Además, si te equivocas, siempre se puede pintar encima. ¿Trato hecho?

–Trato hecho.

Entonces Laura se dio cuenta de que la muchacha podía mancharse la ropa.

–Te dejaré un delantal, ¿de acuerdo?

–No te preocupes, estos vaqueros están muy viejos –dijo, señalando un par de rotos.

–Muy bien. Ahora mira cómo se agarra el pincel.

Sara la escuchó muy concentrada y, poco después, estaban las dos trabajando juntas. Laura subida a su escalera y Sara a un taburete que encontrarón abajo.

Al principio, Sara se mostró algo tímida, pero en seguida fue ganando confianza y, al cabo de un rato, estaban charlando como viejas amigas.

–¿Qué asignatura te gusta más? –le preguntó Laura.

–No sé. Supongo que las ciencias. El otro día, un chico me tiró un examen por la ventana.

–Seguramente le gustas.

–Eso mismo dijo papá, pero no entiendo por qué, si le gusto, me tiró el examen por la ventana.

–Bueno, es que la mente de los hombres funciona de un modo bastante extraño.

–Así que iba por la carretera con mi Corvette –dijo Chip, gesticulando como si fuera conduciendo–, cuando pasé al lado de una chica impresionante. Pues bien, te aseguro que se me quedó mirando como si se hubiera enamorado de mí al instante.

–¿No se habría enamorado de tu Corvette? –le preguntó Jack mientras tomaban una cerveza en el único pub de la ciudad.

–¿Y tú, qué? –le preguntó Chip, acercándose–. ¿Qué tal te va con las mujeres?

–Me mantengo alejado de ellas para evitarme problemas.

–Me parece que lo que necesitas es un buen cambio de aceite –comentó Chip, guiñándole un ojo–. La próxima vez que vayas a Seattle, te llevaré a ver a unas señoritas estupendas.

A Jack no le pareció una buena idea.

–Gracias, Chip, pero te aseguro que no necesito ningún cambio de aceite.

Lo cierto era que la última vez que había cambiado el aceite había sido hacía un par de años. Había dejado de hacerlo justo cuando se marchó de allí Sonja, la antigua farmacéutica.

Jack dio un trago de cerveza.

–¿Y con Laura qué tal?

–Bien –contestó en un tono que dejaba bien claro que prefería cambiar de tema.

–Recuerdo que estaba enamorada de ti –comentó Chip, sin hacer ningún caso de su reticencia a hablar del tema.

–Creo que lo superó.

–Bueno, las viejas pasiones pueden avivarse fácilmente.

–No estoy tan seguro y, además, ella vive en Seattle.

–Sí, pero ahora está aquí. Y además, estáis trabajando juntos. Si yo me pasara ocho horas al día con Laura los dos solos en una casa abandonada, te aseguro que...

–Bueno, pero tú eres tú y yo soy yo –aseguró Jack–. Y ahora, me tengo que ir.

–Hasta el sábado –se despidió Chip.

Después del ruido que había en el pub, a Jack le pareció que la calle estaba muy silenciosa. Echó a andar hacia su casa, pero luego cambió de opinión y decidió ir a la mansión McNair. Había luces todavía en el piso de arriba. Comprobó su reloj y vio que eran las cinco y cuarto.

Aunque sus contratos eran independientes, no quería que Laura pensara que era un gandul. Al entrar en la casa, se sorprendió de oír voces arriba. Una vez subió la escalera, reconoció las voces de Laura y de Sara.

Se asomó a la puerta y vio que Sara tenía un lapicero y una regla. Al parecer, estaba haciendo medidas en la pared, cerca de Laura. Su hija estaba contándole algo que había pasado en la escuela, pero estaba extrañamente relajada y risueña. Laura estaba escuchándola con una sonrisa en los labios.

Jack trató de salir sin que lo oyeran, pero debió hacer algún ruido, porque Laura lo descubrió.

Sus labios carnosos se abrieron ligeramente. Esos labios eran del mismo color que las rosas que decoraban las paredes. Se quedaron mirándose unos instantes en silencio y Jack sintió una extraña conexión con ella.

—Aquí está tu padre, Sara —dijo finalmente Laura.

—¡Papá! —Sara se volvió y le sonrió—. Laura me ha pedido que la ayudara. Mira, ya casi hemos terminado. ¿Puedo quedarme un rato más, por favor?

—Sara me ha sido de gran ayuda —comentó Laura.

—Está bien —dijo él—. Todavía me quedan por hacer unas cuantas cosas abajo. Cuando acabes de ayudar a Laura, puedes bajar a recogerme.

Y dicho aquello, bajó las escaleras y se puso a organizar el trabajo para la mañana siguiente. Mientras medía algunos tablones del suelo, pensó que no tenía sentido ponerse celoso de que su hija prefiriese estar con una desconocida antes que con su padre.

Poco después, Sara y Laura bajaron las escaleras, riéndose.

—Muy bien —refunfuñó Jack—. Ahora vámonos a casa para que cenes y hagas tus deberes antes de que se haga demasiado tarde.

Sara se puso seria.

—Lo siento —murmuró Laura—. Creo que te he entretenido más de la cuenta, Sara. Pero si otro día te da permiso tu padre... quizá quieras venir a ayudarme.

Sara recuperó entonces la sonrisa.

—Buenas noches —dijo Laura, saliendo por la puerta.

Jack se despidió de ella entre dientes.

Jack estuvo muy serio durante la cena y Sara se subió a su habitación nada más terminar de comer.

Antes de que llegara Laura, todo iba bien. Pero después de verla a diario, de oír su risa y de intuir las curvas de su cuerpo bajo la ropa holgada que llevaba, estaba empezando a darse cuenta de lo solo que se sentía sin una mujer a su lado.

Con Cory no se había entendido nunca bien, pero al menos había alguien cuando él llegaba a casa por la noche. Y hasta que Sara cumplió dos años, incluso ambos habían tratado de fingir que eran felices juntos.

Una vez se marchó su esposa, él no había querido llevar a ninguna mujer a su casa. No le gustaba la idea de que Sara pudiera encontrarse con una desconocida en el pasillo. La única relación que había tenido había sido con Sonja, que como tenía turno de tarde en la farmacia, podía verse con él por la mañana, mientras Sara estaba en el colegio.

Cuando Sonja se fue de Laroche, rompieron su relación sin reproches. Y a partir de entonces, él no había vuelto a verse con ninguna mujer. De hecho, ni siquiera había deseado a ninguna otra. Hasta que Laura volvió.

En ese momento, comprendió cuál era la causa de su mal humor. Deseaba a Laura.

Sí, la deseaba y se había sentido muy excitado al darle el masaje en el cuello. Al notar su piel cálida y suave bajo la yema de las manos, le habían entrado ganas de acariciarle los pechos.

Pero por otra parte, él sabía que Laura vivía muy lejos de allí e incluso tenía novio.

Soltando un gruñido, fue a ponerse los pantalones cortos para salir a correr un rato.

Pero nada más salir, se chocó con Laura, que estaba llegando a la entrada de su casa. Inmediatamente le llegó el aroma a champú que despedía su cabello pelirrojo. Instintivamente, la agarró.

—Ya veo que tu sistema de seguridad funciona perfectamente —bromeó ella—. Te aseguro que la próxima vez llamaré antes de venir.

—Lo siento —dijo él, riéndose—. ¿Has venido a ver a Sara? Voy a decirle que estás aquí.

Pero Laura le detuvo antes de que entrara en la casa.

—No. He venido a hablar contigo —dijo, observándolo de pies a cabeza—. Pero creo que no es buen momento. Ya hablaremos mañana en la casa.

—No, espera —Jack estaba ansioso por oír lo que ella quería decirle—. Iba a salir a correr, pero si me das cinco minutos, me abrigaré un poco más y podemos dar un paseo.

—¿Estás seguro?

—Sí.

Poco después, estaban de camino hacia el parque que había junto al muelle. Lo único que se oía era el rumor del mar y el ladrido esporádico de algún perro. Jack esperó a que fuera ella quien empezara a hablar.

Laura tampoco dijo nada hasta que llegaron al parque. Ya allí, respiró hondo y a él le dio un vuelco el corazón, pensando que quizá fuera a darle alguna mala noticia. Quizá tuviera que irse. Precisamente en esos momentos, cuando él estaba empezando a acostumbrarse a su presencia y cuando Sara había encontrado una mujer con quien poder hablar.

–Jack, te quiero pedir disculpas si he hecho algo mal con Sara. Supongo que debería haberte pedido permiso antes de pedirle que me ayudara –en la semipenumbra del parque, la vio morderse el labio inferior–. Y como quizá vuelva a repetirse la situación, me gustaría discutirlo con...

–Yo soy el que debería pedirte disculpas a ti –la interrumpió él–. Tú no has hecho nada malo –añadió, deteniéndose y girándola para que lo mirara a los ojos–. Al contrario, lo hiciste muy bien. Ella necesita alguna mujer con quien poder hablar.

El cabello de Laura brilló bajo la luz de la luna. En sus invitadores labios se formó una sonrisa de alivio.

–Ella se siente sola y le vendría bien una amiga... –Jack acercó lentamente la cabeza, dejando claro lo que iba a hacer y dejando a Laura la opción de apartarse.

Pero Laura no se apartó. Se quedó mirándolo con esos dos pozos misteriosos que eran sus ojos. Cuando sus labios se encontraron, él cerró los ojos y se dejó llevar.

Los labios de ella estaba húmedos y en seguida respondieron al beso de él. A pesar de que fue un beso bastante casto, Jack sintió el hormigueo que le bajó por todo el cuerpo.

Ella fue la primera en apartarse.

–Lo siento –se excusó él.

Luego volvieron a casa en medio de un silencio incómodo.

–¿Quieres entrar a tomar un café? –le propuso Jack al llegar a la puerta.

–No, creo que es mejor que me vaya a casa.

Jack se la quedó mirando mientras se alejaba. En un momento dado, ella volvió la cabeza y sus miradas se encontraron en medio de la oscuridad. Ambos se dijeron adiós con la mano, pero él siguió sin moverse de donde estaba.

Se la quedó mirando hasta que se perdió del todo en la oscuridad.

Capítulo Cinco

Laura estaba tratando de dejar enganchado un trozo de tela a la barra de las cortinas para comprobar cómo quedaba el color. Pero en cuanto se alejaba, el trozo de tela caía al suelo.

Se sentía acalorada y enfadada. Precisamente en ese momento, que habría necesitado la ayuda de alguien, Jack había salido. Aunque, por otra parte, su ausencia la había librado de tener que enfrentarse a él.

Todavía sentía un hormigueo cada vez que pensaba en el extraño beso que se habían dado. Era un beso que podría entenderse como una forma de pedirle perdón por su comportamiento con ella y Sara.

Pero lo que no podía entenderse en absoluto era su propia reacción. Nada más besarla, su cuerpo se había encendido con un intenso deseo y le habían entrado ganas de que él la tumbara allí mismo sobre el suelo.

No era normal que él siguiera teniendo un poder así sobre ella, pensó desesperada. Pero estaba decidida a que aquello no se repitiera. No volvería a dejarle que se acercara tanto.

En ese momento, oyó un ruido detrás y se volvió, recordando lo tonta que había sido el día anterior pensando en que había fantasmas.

Entonces se quedó helada al ver a Cory Sutherland.

Esta vez sí que era Cory, en carne y hueso. No se trataba de ningún fantasma. La guapa jovencita se había convertido en una mujer elegante y sofisticada. Llevaba un traje verde pálido, que resaltaba el increíble color de sus ojos. En cuanto a su cuerpo, nadie podría decir que había sido madre, ya que tenía el vientre totalmente plano y sus caderas eran todavía estrechas.

Laura pensó que ella debía estar horrible a su lado, sin maquillar y con la ropa que usaba para trabajar.

–¡Dios, pero si es Laura Kinkaide! –hubo sorpresa en su bien modulada voz.

–Hola, Cory –contestó ella débilmente, pensando que hubiera preferido que Cory fuera un fantasma para poder exorcizarla.

–Estoy buscando a Jack y me han dicho que estaba trabajando aquí.

Laura notó que se sonrojaba. Eso la hizo sentirse estúpida, ya que difícilmente podía importarle a su ex esposa que se hubieran dado el beso más breve de la historia.

–Sí, él trabaja en la planta de abajo y yo en la de arriba –dijo para que Cory no sacara conclusiones falsas–. Pero creo que ahora mismo no está.

–Bueno, pues si os cruzáis en la escalera, dile que estoy en la ciudad. Estoy hospedada en el Seabreeze –dijo divertida–. Me alegro de haberte vuelto a ver, Laura.

–Yo también –mintió Laura.

Después de que Cory saliera, intentó colocar de nuevo la tela sobre la barra de las cortinas.

–No puede ser –dijo, observando cómo una vez más se caía al suelo.

Pero luego miró a través de la ventana y vio el

mar. De pronto, se sintió feliz de estar trabajando en la casa de sus sueños.

–De acuerdo, casa, llevas razón. Esta tela no pega en esta habitación –dijo, volviéndose hacia la puerta.

Pero entonces sufrió otro sobresalto, ya que Jack estaba allí, en la entrada, sonriendo.

–Sí –añadió en tono beligerante antes de que él pudiera empezar a burlarse–, hablo conmigo misma. Bueno, en realidad, estaba hablándole a la casa. Estamos pasando tanto tiempo juntas que estamos empezando a hacernos amigas.

–Laura –dijo él, poniéndose serio–, quiero hablar contigo, si no estás muy ocupada.

–Puedo tomarme un descanso –aseguró.

Pero inmediatamente después, se preguntó qué querría. ¿Iría a pedirle una cita? Se le aceleró el corazón solo de pensarlo. ¿Qué le respondería ella?

–¿No te has cruzado con Cory al entrar? –le preguntó.

–¿Con quién?

–Con Cory Sutherland, tu mujer, ¿recuerdas?

–Ex mujer –le corrigió él–. ¿Está Cory aquí?

–Sí, está hospedada en el Seabreeze.

Jack olvidó inmediatamente lo que le iba a decir a Laura y salió corriendo de la habitación. Era como si la historia volviera a repetirse. En cuanto Cory le silbaba, Jack salía corriendo detrás.

Dejándola sola a ella, que se sentía como una tonta.

Laura se acercó adonde había dejado el espejo antiguo que había elegido para aquella habitación y lo levantó. Al ver su imagen reflejada en él, vio que estaba cubierta de polvo y completamente despeinada.

Entonces recordó lo elegante que iba vestida Cory y le entraron ganas de echarse a llorar.

Jack rebasó el límite de velocidad en tres ocasiones en su camino hacia el Seabreeze. Tenía el estómago encogido.

Había temido durante años que Cory acabara dándose cuenta de que había cometido un error y volviera para llevarse a Sara. Porque a pesar de que apenas entendía de leyes, sabía que al padre rara vez le daban la custodia de los hijos.

Cuando se divorciaron, acordaron que lo mejor para Sara sería quedarse en Laroche. Desde entonces, Cory les enviaba dinero de vez en cuando y un billete de avión una vez al año para que la chica la fuera a visitar. Ella también había ido a Laroche en dos o tres ocasiones.

Pero nunca se había presentado sin avisar.

Jack trató de adivinar por qué habría ido tan inesperadamente. ¿Querría llevarse a Sara con ella? Solo de pensarlo, sentía pavor.

Sara estaba a punto de entrar en la adolescencia y él no sabía nada de los grandes cambios que la niña iba a experimentar. Tenía un libro escondido en su armario, con el título de *Ahora eres una mujer*. Pero no se atrevía ni a dárselo a Sara, ni a leerlo él mismo.

Él no entendía nada de aquellos asuntos de mujeres y Sara no tenía a nadie que hiciera el papel de madre, aparte de la abuela McMurtry, que tampoco era muy maternal.

Y luego estaban los chicos. Él sabía lo suficiente de cómo eran a esa edad como para no querer que Sara saliera con ninguno de ellos. Nunca.

El día anterior, durante unos minutos, al ver a

Laura y Sara juntas, se había dejado llevar por el sueño de que Laura podía ser la mujer que buscaba. La mujer que podía ayudar a Sara a encontrar su camino hacia la feminidad. Pero tenía que enfrentarse a los hechos. Laura volvería a Seattle dentro de unas pocas semanas y Sara continuaría necesitando una guía.

Jack llegó finalmente al hotel Seabreeze. El edificio se alzaba sombrío contra el gris de las rocas y del mar. Al entrar, el recepcionista, sin preguntarle nada, le envió a la habitación 201. En Laroche, no hacía falta preguntar nada.

Jack tomó aire antes de llamar a la puerta.

—Adelante —dijo la conocida voz.

Jack entró en la habitación y allí estaba ella, sosteniendo el teléfono contra su maravilloso cabello rubio. Llevaba una camisa de seda con un gran escote, y una falda verde, también corta, que en ese momento estaba un poco subida y mostraba sus muslos largos y bronceados.

Cory se estaba pintando las uñas de los pies y el olor del esmalte le hizo recordar los primeros días de matrimonio.

Jack sintió un nudo en el estómago. Por alguna razón, el acto de pintarse las uñas le recordó la obsesión de Cory por su aspecto físico. Eso y la ambición eran las dos cosas que guiaban a Cory.

Jack decidió, al pensar en ello, que no permitiría jamás que Sara se educara con aquella mujer que lo había abandonado.

Cory le hizo un gesto con la mano.

—No, no... solo es una semana —dijo al teléfono—. Sí, sí. Puedes mandármelo por fax aquí. Lo sabré el lunes... de acuerdo. Adiós.

Terminó de pintarse una uña y agitó los pies en el aire para que se secaran.

–¿Sorprendido?

–La verdad es que sí.

Ella soltó una carcajada, mostrando su maravillosa dentadura. Jack recordó que la habían enseñado a hacerlo al empezar a trabajar en televisión.

–Estás muy guapo, Jack. ¿No me das un beso de bienvenida?

Pero él no se movió. Estaba preguntándose qué estaría esperando ella por fax. ¿Una orden judicial para llevarse a Sara? Estaba seguro de que Cory tendría muchos amigos poderosos.

–No hasta que me digas qué estás haciendo aquí.

–De repente, me entraron unas ganas terribles de ver a Sara... y a ti también, claro.

–¿Por qué no llamaste? Siempre lo haces.

–¿Qué te pasa, Jack?

–Nada. Es que... nada, nada. Claro que puedes verla –contestó, pensando en que era mejor no discutir.

–He pensado que podíamos cenar los tres juntos esta noche.

Jack asintió. Sabía que Cory le estaba ocultando algo, pero también sabía que solo se lo diría cuando le apeteciera, no cuando él se lo pidiera.

–Me apetecería comer ostras frescas. ¿Por qué no vamos al Captain Whidbey?

Habían pasado su breve luna de miel en aquella casa rural. ¿Sería solo por las ostras o querría ella revivir la pasión del comienzo de su relación?

–Como quieras.

–He reservado una mesa para las ocho en punto, así que puedes pasar a recogerme a las siete.

–Sara no puede acostarse muy tarde. ¿Por qué no cenamos a una hora prudencial, como las seis? Te recogeré a las cinco.

–No sé en qué estaba pensando, lo siento –dijo ella, tocándose el cabello–. Estaré lista a las cinco.

–Sara se pondrá como loca cuando se entere de que has venido –añadió, sorprendido y conmovido por su disculpa.

Jack salió del hotel y fue directamente al colegio de Sara, quien se alegró de que fuera a recogerla y mucho más cuando él le contó que su madre estaba en Laroche y cenarían juntos.

La dejó en casa y luego se fue al despacho de su amigo Len. Este le pudo dedicar unos minutos, pero Jack salió de allí más deprimido y nervioso de lo que había entrado.

Laura se marchó de la mansión a las cinco. No había esperado ver a Jack después de comer, ya que lo había visto muy nervioso cuando había salido por la mañana en busca de Cory.

No le importaba lo que hicieran en el hotel. Eran adultos. Pero sí estaba enfadada porque tenían que acabar la restauración de la mansión en una fecha límite. Le temblaban las manos y no era capaz de meter la llave para arrancar el coche, pero era solo porque estaba enfadada a nivel profesional.

De repente, reconoció la camioneta verde de Jack, que iba pendiente de las personas que iban con él. La cabeza rubia de Cory se inclinaba hacia él y el rostro de Sara surgía desde detrás con una expresión alegre.

Laura consideró la posibilidad de chocarse con ellos. Pero agarró con fuerza el volante y tomó aire. El trío pasó alegremente de largo, sin darse cuenta de que habían estado en peligro. De hecho, ninguno de los tres la vio.

Cuando llegó a casa, Laura encontró a su abuela leyendo atentamente un catálogo de publicidad de Barron's, su centro comercial favorito.

–¿Qué tal todo, hija? –preguntó, sin levantar la vista.

Laura contestó con un ruido gutural.

–Debería comprar un congelador –declaró, dando la vuelta a la página.

–¿Para qué demonios quieres un congelador viviendo sola?

–Es por el zumo de naranja. Está a unos precios, que en el futuro no vamos a poder ni probarlo.

–Te quiero, abuelita –exclamó riéndose.

–Ven y tómate un plato de sopa de brécol. La he hecho esta mañana.

–¿Sopa de brécol? ¿También el brécol va a subir de precio?

Se sentaron a la mesa, que ya estaba preparada. Había ensalada, sopa y rollitos de primavera.

–He oído que Chip te ha invitado a una fiesta el sábado por la noche.

–¿Quién te lo ha contado?

–Chip, claro. Me encontré con él en el supermercado. Ese hombre ha prosperado mucho.

–Es verdad. Ha ganado mucho dinero como agente de bolsa y ahora tiene su propia empresa de inversiones.

La abuela asintió y tomó una cucharada de sopa.

–Tiene talento, aunque es demasiado extravagante para mi gusto. ¿No crees?

–¿Discutiste con él por el precio del zumo de naranja? –preguntó Laura, cambiando de tema.

–¿Te dijo que es soltero? –añadió la abuela.

–Sí, me lo dijo como doce veces.

–¿Qué te vas a poner de ropa para ir?

–No voy a ir.

–¿Por qué no?

–Porque estoy cansada. He trabajado mucho toda la semana. Además, quiero estar contigo.

–Me halaga, pero te has olvidado mencionar que Cory ha vuelto.

–Eso no tiene nada que ver.

–Te voy a decir lo que vamos a hacer el sábado. Vamos a ir de compras. Te compraremos un vestido nuevo y comeremos fuera. Podemos pasar todo el día juntas y luego irás a esa fiesta guapísima.

–Pero abuela...

–Has ido vestida todos los días como una vagabunda, con esas batas que te pones. Es hora de que te arregles y demuestres a todo Laroche lo guapa que eres.

–La belleza es un estado mental.

–Y no hay nada como un vestido nuevo para sacar lo mejor de uno mismo.

Laura temía la idea de enfrentarse a sus antiguas compañeras de escuela estando Cory presente. Todo aquello le traía recuerdos muy dolorosos para ella. Pero la abuela tenía razón, era hora de que dejara de huir del pasado y se enfrentara al presente. Y después de lo que le había hecho Cory, había llegado el momento de demostrarle que ella también podía estar a la altura cuando la ocasión lo requería.

–De acuerdo.

–¡Mmm, saben a gloria! –exclamó Cory.

Jack tenía problemas con su filete. Cada trozo parecía hacerle un nudo en la garganta. Deseaba que Cory dijera de una vez lo que había ido a hacer.

Sara, por el contrario, miraba con admiración a su madre, que charlaba animadamente sobre su trabajo. Le preguntó a su hija sobre la escuela y sus amigos y Jack se dio cuenta de que Sara elegía con cuidado las palabras para causarle buena impresión.

Después de la cena, se subieron al coche y Jack tomó la dirección del hotel Seabreeze.

–Jack, me encantaría que me invitaras a tomar un café en tu casa. Sara me ha prometido que va a enseñarme su habitación –añadió, al notar que Jack iba a protestar.

Jack no había oído tal comentario y miró por el espejo retrovisor a su hija. Esta tenía una expresión de total perplejidad.

Llegaron a casa y Jack preparó una cafetera mientras Cory y Sara subían juntas al piso de arriba. Se sentía dividido entre el deseo de permitir a Sara que disfrutara el mayor tiempo posible con su madre y el de no dejar que Cory alimentara demasiadas fantasías en su hija sobre la vida que podía llevar en California. Hacia las nueve, Cory y Sara no habían bajado todavía y él ya se había tomado tres tazas de café, lo cual no lo ayudó para nada a recobrar su paz de espíritu.

Así que se levantó decidido y fue hasta el pie de la escalera.

–Sara, hija, tienes que acostarte temprano –gritó–. Puedes ver mañana a tu madre otra vez.

Volvió a la cocina y se sirvió otra taza de café. Pero no tuvo que esperar mucho, ya que Cory apareció en seguida. Se sirvió una taza y se sentó, esbozando una sonrisa.

–Parece que no ha pasado el tiempo, ¿verdad?

Quiero decir que es de alguna manera como al principio. Entonces no lo pasamos nada mal, ¿verdad?

–No, no lo pasamos nada mal –contestó él, sonriendo a su vez.

–Siempre has hecho muy mal el café.

Pero Jack no tenía ganas de charla. Quería saber qué había ido ella a hacer allí.

–Pero tú no has venido a decirme eso.

–No. Sara es una niña estupenda... y me siento orgullosa de ser su madre –dijo finalmente.

Jack asintió.

–Jack, estoy preocupada por Sara. Se está acercando a una edad en la que necesita a su madre. Necesita que alguien le explique los cambios por los que va a pasar...

–Ya he pensado en eso.

Jack se levantó y se metió en su despacho, de donde salió con varias revistas y el libro sobre la adolescencia.

–*Ahora eres una mujer* –leyó Cory. Lo hojeó por encima y leyó incluso algunos párrafos–. ¿Cuánto has leído, Jack?

–Todavía no he tenido tiempo de terminarlo, pero estoy preparado por si Sara empieza a hacerme preguntas.

Cory le devolvió el libro.

–De acuerdo, soy Sara. Acabo de tener mi primer periodo, no entiendo lo que está pasando en mi cuerpo. Explícamelo.

Jack fingió indiferencia.

–Claro, no hay problema. Veamos –dijo, abriendo el libro por el índice–, página cuatrocientos ochenta y nueve. Aquí está.

Se aclaró la garganta y buscó la página. Luego comenzó a leer.

—Hay cuatro fases en el ciclo menstrual. Postmens-
trual, intermenstrual, premenstrual y menstrual.
Cuando la glándula pituitaria... —leyó un párrafo sobre la variedad de hormonas, sobre el trabajo de
las glándulas y la mecánica de la anatomía feme-
nina.

Finalmente, se detuvo.

—Claro, y esto contestará a todas sus preguntas
—dijo Cory.

—De acuerdo, de acuerdo, no hace falta que te
burles. Compraré otro libro.

—Jack, no es un libro lo que necesitas, es una
mujer, una madre para Sara.

Jack se quedó pensativo. No era posible que
Cory estuviera pensando en... ¿volver con él?
¡Claro! Por eso le había llevado adonde habían pasado la luna de miel. Por eso había querido ir a su
casa.

—El otro día le hice una entrevista a una niña
que me contó que su madre era actriz también
—continuó Cory—. Me dijo que nunca estaban juntas. La niña estaba muy confundida... como perdida.

Cory hizo una pausa y se agarró un mechón de
pelo, con el que empezó a jugar.

—El padre de la niña es quien la cuida, pero ella
no tiene una mujer con quien... —la voz de Cory
comenzó a temblar—. No quiero que Sara pase por
eso.

Jack creía que no podía haber nada peor que
perder a Sara. Pero volver con Cory sería igual de
horrible. Ya habían intentado en el pasado formar
una familia y habían fracasado, a pesar de que entre ellos todavía existía algo de pasión. En ese momento, lo único que sentía por ella era una rabia
ciega por el modo en que los había abandonado a

él y a su hija en beneficio de su carrera profesional.

—Sé que ahora te sientes mal, pero tú y yo no podríamos... —empezó a decir él.

—¿De qué estás hablando?

—Bueno parece que has venido porque quieres que nos ocupemos juntos de Sara, ¿no?

—Oh, no, Jack. Eres un hombre estupendo, pero lo que te estoy pidiendo es que encuentres una esposa. Que te cases con una mujer que sea una buena madre para Sara.

—¿Una esposa? —preguntó él, sorprendido.

—Tengo treinta años, Jack. He conseguido un buen trabajo y tengo todo lo que siempre había soñado. Incluso me he casado de nuevo. Es un productor que tiene hijos mayores. No quiere más niños y yo tampoco. Pero necesito saber que Sara es feliz. Sé que os abandoné a los dos.

Jack se quedó mirándola.

—No quiero ser maleducada, Jack, pero vas a tener que bajar tu nivel de exigencia. Me imagino que yo podría ayudarte a buscar a la persona perfecta. Después de todo, soy periodista y sé hacer las preguntas adecuadas. Vamos a ponernos los dos manos a la obra para que encuentres una mujer y una madre para Sara.

—¿Quieres encontrarme una esposa?

—Bueno, no hace falta que te cases con ella. O por lo menos, no en seguida. Digamos que de momento servirá con que sea una compañera, una amiga íntima. Sé que las probabilidades son pequeñas en una isla de este tamaño, pero empezaremos por aquí y luego saldremos fuera si hace falta. La fiesta de Chip el sábado será un comienzo ideal. La mayoría de las mujeres solteras estarán allí.

Jack no dijo nada. Sentía una mezcla de alivio por descubrir que no iba a perder a Sara y de sorpresa por que su ex mujer quisiera buscarle una esposa.

Capítulo Seis

–Abuela, es demasiado corto.

Laura se inclinó, delante del espejo y tiró de la tela roja hacia abajo.

El vestido le quedaba bastante por encima de las rodillas. El escote también era generoso y, al ver cómo se ahuecaba al agacharse, se puso derecha de nuevo.

–Estáte quieta –le ordenó la mujer mayor–. Y ahora date la vuelta.

Laura obedeció. En el fondo le gustaba cómo la prenda se ceñía a su cuerpo, resaltando sus curvas.

–Estás guapísima, hija. Lo compraremos.

–Pero, ¿has visto el precio? –le preguntó Laura.

–Sí, es mi regalo por tu regreso y porque estés restaurando la mansión McNair.

–Pero... no puedes comprarme algo tan caro.

–No te preocupes. No voy a arruinarme.

Una vez que Laura agarró la elegante bolsa con su vestido, empezó a desear que llegara la fiesta. También se alegraba de que terminara la jornada de compras.

–Estoy agotada e impaciente por llegar a casa.

–Antes de nada, vamos a comer. Luego irás a la peluquería y al salón de belleza –contestó su abuela animada.

–Pero...

La abuela le agarró las manos y miró sus uñas. Al verlas, hizo un ruido con la lengua.

–Y también van a tener que hacerte la manicura.

–Bueno, ¿qué te parece? –quiso saber Cory.

Jack tomó de mala gana el papel y se acomodó en la misma silla de la noche anterior, cuando Cory le había contado su ridículo plan. En el papel, estaban escritas diez preguntas para hacérselas a las mujeres solteras que asistieran a la fiesta de Chip.

En el reverso de la hoja, estaba escrito: *candidatas*.

–Iré al baño entre entrevista y entrevista y tomaré notas. Luego las pasaré al ordenador cuando llegue al hotel. Repasaremos los resultados mañana.

–¿Cómo vas a decidir a qué mujeres vas a entrevistar?

–Bueno, tú puedes proponerme las que prefieres, claro está. Yo añadiré luego algunas que se te hayan pasado. Recuerda que lo que buscamos es una mujer que pueda ser una buena madre y tú puedes confundirte al sentirte atraído por otras cosas.

Jack leyó las preguntas.

–Entiendo que preguntes si les gustan los niños, pero, ¿por qué demonios vas a hacerles también preguntas sobre sexo?

–No seas tonto, Jack. ¿Recuerdas que estuvimos casados? Así que sé que eres un estupendo amante. Fue la parte de nuestro matrimonio que...

–Sí, bueno, pero volviendo a la lista, no puedes preguntar a una persona que acabas de conocer la frecuencia con la que le gusta tener relaciones sexuales. Creerá que quieres ligártela.

–Tranquilo, soy una profesional. Puedo conseguir de una manera sutil que me contesten.

Jack se quedó pensativo. Se sentía irritado y al mismo tiempo, excitado. Desde luego, iba a ser una fiesta inolvidable.

Repasó de nuevo las preguntas.

–Religión, política, situación económica... vas a preguntarles de todo.

–Y si se te ocurre algo más, adelante.

–No, no, creo que ya son suficientes preguntas. Y si encuentras a la mujer adecuada, ¿puedo negarme en caso de que no me guste?

Cory se echó a reír.

–¡Por supuesto! Y lo más importante es que Sara también puede hacerlo. No estoy intentando elegirte pareja, Jack. Solo quiero demostrarte que hay muchas mujeres encantadoras que pueden hacerte feliz. Tienes que olvidarme y seguir con tu vida.

Jack pensó que debería poner fin a todo aquello, que si fuera un hombre como es debido, lo haría. Pero por otra parte, si su ex mujer quería hacer el ridículo, él no iba a impedírselo.

Deseó poder ir corriendo a casa de Laura y contárselo a ella y a su abuela. Les parecería todo tan ridículo como a él. Se imaginó a Laura riéndose con la cabeza hacia atrás y la boca abierta. Tenía una risa natural, la típica risa contagiosa. Y nadie le había enseñado a reírse así.

Decidido, Laura era una mujer que podía hacerle feliz. Le debería decir a Cory que no se olvidara de ella. Estaba impaciente por ver cómo respondería ella esas preguntas.

De pronto, se fijó que Cory estaba mirando la hoja con el ceño fruncido.

–Me encantaría tener un apuntador para esta

noche. No quiero que se me olvide ninguna pregunta.

—Ni ninguna respuesta.

—Para eso llevaré una grabadora —aseguró, sacando un pequeño aparato de su bolso—. Es pequeña, pero muy potente.

—¿Por qué no escribes las preguntas en una pizarra? Yo me sentaré detrás de la mujer a la que estés entrevistando y cada vez que termines con una, sacaré una tarjeta con la pregunta siguiente.

—Muy gracioso, Jack.

—O puedes escribirte las preguntas en el brazo, como hacías cuando tenías exámenes en la escuela.

Cory se sonrojó, pero se negó a seguirle el juego.

—Ya se me ocurrirá algo —dijo, levantándose para marcharse.

—¿Quieres que te recoja esta noche?

—Mejor que no. No quiero que se crean que no estás libre. Te veré ya en la fiesta.

Cuando Cory se marchó, Jack telefoneó a la abuela McMurtry. Aunque Sara insistía en que era demasiado mayor para que la cuidara nadie, Jack solía llevarla allí cada vez que tenía que hacer algo por la noche.

Laura contestó al teléfono.

—Soy yo, Jack.

—Te he conocido.

—Te llamo por si quieres que te lleve a la fiesta. Puede resultarte difícil conseguir un taxi.

—No te preocupes, nos veremos allí —contestó con un tono frío.

—Espera, yo...

Pero ella colgó antes de que pudiera hablarle del absurdo plan de Cory. En cualquier caso, pensó que seguramente la vería cuando fuera a dejar a Sara.

Sin embargo, al llegar a su casa, la abuela le informó de que ya se había marchado, así que se fue solo a la fiesta, sin poder evitar cierto nerviosismo. Estaba deseando ver a Laura y contarle todo. Le hablaría del plan de Cory.

Desde que habían empezado a tomar juntos café durante los descansos, había sentido que recuperaba a una antigua amiga. Aunque el beso de la playa le había demostrado que Laura era para él algo más que una simple amiga. Pensaba pedirle que salieran un día los dos juntos, como dos novios. La llevaría a algún lugar bonito a cenar. Se lo propondría esa misma noche.

Cuando llegó a la casa, la fiesta estaba ya en marcha. La «pequeña casa de verano» de Chip podría albergar a una familia de catorce miembros y todavía quedarían habitaciones libres. Estaba en lo alto de una colina y, aunque había sido especialmente diseñada para integrarse de manera armoniosa en el entorno, para Jack era un ultraje.

Después de aparcar, llamó al timbre, pero nadie pareció oírlo con el ruido. Así que abrió él mismo la puerta y entró. Vio en seguida a escritores, artistas, políticos y ejecutivos que se mezclaban con caras desconocidas de personas que no parecían de la isla.

Todas las mujeres iban elegantemente vestidas y pensó en seguida en Laura, que no solía arreglarse mucho. ¡Debería haberla avisado! Buscó con la mirada unos vaqueros ceñidos, pero seguro que su amiga de la infancia estaba escondida detrás de una palmera o de cualquier cosa, sintiéndose fuera de lugar.

Buscó entre la multitud y sus ojos repararon en

una pelirroja con un vestido rojo muy ceñido. Era muy sensual y parecía ser el centro de atención de un grupo de amigos de Chip. Fuera quien fuera, se aseguraría de que estuviera en la lista de las mujeres entrevistadas por Cory.

Entró en el salón y le pidió una cerveza a un camarero uniformado. Todavía no había visto a Laura, pero cuando vio a Cory hablando con una de las profesoras del colegio de Sara, se olvidó de todo. La mujer estaba arrinconada contra la pared y parecía dispuesta a tirarse al mar. Tenía las mejillas encendidas.

Cory tenía el bolso abierto y parecía buscar algo mientras hablaba. De repente, la profesora soltó una pequeña exclamación y retrocedió. Cory entonces dijo algo entre dientes. No parecía que su modo de trabajo fuera muy sutil.

Antes de que su ex mujer lo viera, se escondió entre la gente, preguntándose qué podía hacer. Había pensado que Cory haría el ridículo, pero no se le había ocurrido que además pudiera ofender a ciertas mujeres.

¿Y dónde estaba Laura? Quizá a ella se le ocurriera algo para detener a su ex mujer.

Miró de nuevo hacia el salón, pero Laura no aparecía por ningún lado. Debería haber insistido en llevarla, pensó, frunciendo el ceño. La abuela dijo que había salido ya, o sea, que podía haberse perdido.

—Laura, cariño, estás estupenda. ¿No te apetece tomar nada? —oyó que decía Chip.

Jack miró hacia aquel lado y vio que Chip se dirigía a la pelirroja explosiva que había visto al entrar.

¡Era Laura!

Chip fue a saludar a otro invitado y Laura entonces vio a Jack. Este estaba inmóvil, con la boca abierta y los ojos que parecían salírsele de las órbitas. Jack no había imaginado nunca lo que Laura escondía bajo aquellas batas. Pero en ese momento no escondía nada.

Su sinuoso cuerpo se mostraba descaradamente con aquel vestido apretado y sexy que te quitaba el aliento. Sus senos firmes y redondos suponían toda una tentación.

Jack contempló luego sus piernas largas y bien formadas, que terminaban en su estrecha cintura, que él podría abarcar con las manos. Pero lo que hechizaba a Jack no era la forma de su cuerpo, sino el modo en que Laura brillaba. Como si de su persona emanara algo especial aquella noche.

Su cabello brillaba. Sus ojos brillaban. Sus mejillas estaban delicadamente sonrosadas. El maquillaje resaltaba sus labios carnosos y sus maravillosos ojos marrones. Las joyas que llevaba debían ser de su abuela, supuso Jack, y las gemas antiguas daban un toque especial al diseño moderno de su vestido.

Laura se dio cuenta de que lo había dejado impresionado. Mientras se acercaba a él, los ojos le brillaban de satisfacción.

Jack nunca se había sentido tan estúpido. Parecía un colegial ante su primera cita amorosa. Se humedeció rápidamente los labios y trató de pensar en algo inteligente y elegante que decir, pero su mente no se había recuperado de la impresión.

—Estás guapísima —fue lo único que pudo decir.

Ella sonrió.

—Estos tacones me matan.

Jack miró aquellas piernas largas y la vio quitarse de los tacones. Eso hizo que bajara unos centímetros de altura. Jack sonrió.

—Cory está aquí.

–Sí, lo sé.

–¿Por qué no habéis venido juntos?

–Estoy rodeado de mujeres independientes.

–No acapares a Laura, Jack –dijo Chip a su espalda–. Ya la tienes todos los días en esa mansión desierta –le guiñó un ojo–. Deja que otros tengan también su oportunidad.

Iba acompañado de un hombre con gafas, que parecía un ejecutivo de Wall Street.

–Laura, este es el amigo del que te hablaba: Albert Ferris. Es productor. ¿No podría hacer un programa sobre decoración? Es guapa, inteligente, tiene personalidad y talento. Te lo repito, quedará estupendamente en televisión.

Chip no se había hecho rico cruzándose de brazos. Siempre estaba haciendo alianzas. Para él era algo natural. Otras personas jugaban al ajedrez o al golf. Chip unía personas y dinero. Algunas veces con éxito y otras no.

Laura lo miró.

–Bueno, gracias, Chip, pero no creo que...

–Háblale a Albert de lo que haces. Me llevo a Jack, quiero que conozca a una persona.

Laura miró a Jack con una súplica en los ojos. Este esbozó una sonrisa y le aseguró con la mirada que volvería en cuanto alguien lo rescatara.

–Hay alguien a quien quiero que conozcas. Slim, Jack Thomas es el mejor constructor de la isla. Me hizo esta casa y estoy encantado. Slim está pensando hacerse una casa de vacaciones aquí y le he dicho que hablara contigo.

Chip le dio un golpecito en la espalda y dejó a los dos hombres estrechándose las manos.

–¿Así que tienes pensado hacerte una casa en Whidbey? –preguntó Jack, después de un momento de silencio.

–No. En el Caribe. Tengo allí una isla.

–¿Y no sería mejor contratar a alguien de allí? Slim asintió.

–Siempre le digo a Chip que esta no es la isla, pero... –dio un suspiro de resignación.

Jack soltó una carcajada.

–Te entiendo. Es un gran hablador, pero no es tan bueno escuchando.

Con el rabillo del ojo, vio que Cory había atrapado a la directora de su banco. Era una mujer feliz con su independencia y una de las más atractivas de la isla. También era famosa por su fuerte carácter. Cuando Cory le preguntó por su situación económica, estuvo a punto de estallar.

Jack se dio cuenta de que no había tiempo que perder y decidió copiar a Chip.

–Slim, hay una persona que te quiero presentar –agarró al hombre del brazo y lo llevó en dirección a Cory.

Slim miró a su alrededor, buscando un lugar donde esconderse.

–No te preocupes –añadió Jack–. No es para ningún trato. Solo pensé que te gustaría conocer a una mujer guapa que sí que sabe escuchar. Es la directora de un programa de televisión en California.

Mary, la directora del banco, empezó a calmarse visiblemente cuando vio que Jack se acercaba al sofá donde se habían sentado.

–Cory, te presento a Slim. Te ha reconocido de la tele y se muere de ganas de conocerte.

Mary se levantó inmediatamente y Jack puso a Slim al lado de Cory, fingiendo no ver la mueca de esta.

–Voy a buscarte una bebida, Mary.

–¿Televisión? –preguntó en un tono furioso la

78

directora del banco–. ¿Está haciendo algún tipo de programa de cámara oculta?

–No creo.

–Pues me ha preguntado qué tal vida sexual llevo ahora que me he divorciado. Hasta he visto que llevaba una lista de preguntas en su bolso.

–Ya sabes cómo es la gente que trabaja para la tele –contestó Jack, tratando de tranquilizarla–. Es muy ambiciosa y quiere hacerse famosa. Hace todo el tiempo experimentos para enfadar a la gente, o peor aún, para hacerla llorar. Le parece que es un buen entrenamiento para su profesión.

Mientras hablaba, Jack la había llevado hacia el bar. La mujer se sentó en uno de los taburetes de cuero negro y le pidió una copa. Al momento, se acercó a ellos la profesora, así que Jack las dejó a ambas conversando relajadamente para irse en busca de Laura.

Pero cuando llegó donde había dejado a Laura, esta se había ido. Miró hacia Cory y comprobó que Slim también había escapado y que Cory se había acercado a otra víctima.

Era una mujer a la que apenas conocía, pero que le parecía simpática. Demasiado para dejarla con Cory y su lista de preguntas.

Jack empezó a sentir que la frente se le llenaba de gotas de sudor. Tenía que encontrar a Laura. Si conseguía que Cory le hiciera la entrevista a ella, tendría tiempo para pensar cómo sacar de allí a su ex mujer.

Después de mucho buscarla, la encontró con Chip en el dormitorio principal. Como si no tuviera bastantes preocupaciones con Cory, parecía que iba a tener que empezar a preocuparse también por ir de carabina con Laura, que había elegido esa noche, precisamente esa, para ponerse explosiva. Gimió mentalmente y entró dispuesto a todo en la habitación.

Laura estaba de pie sobre la enorme cama, señalando a la pared.

–¿Entiendes lo que te digo sobre la línea de visión? –le estaba diciendo a Chip en ese momento.

–Claro que sí –contestó este, que estaba mirando justo al lado contrario hacia donde Laura señalaba.

Es decir, a la línea donde terminaba el vestido de Laura. A sus muslos.

–¡Hola, Jack! Estábamos justo hablando de ti –dijo Chip con total descaro–. Laura me va a decorar la casa. ¿No es estupendo?

–Claro –replicó Jack sin ningún entusiasmo.

–Estamos pensando en algo oriental. Cojines de seda, arcos... ya sabes, tipo harén.

–Laura –Jack le hizo una seña que Chip no vio–, ese productor quiere saber algunos detalles. Le ha gustado la idea.

–¡Maravilloso! ¡Maravilloso! –gritó Chip–. Las oportunidades hay que agarrarlas cuando se presentan. Luego seguiremos hablando, Laura.

–Creo que ese productor te necesita, Laura.

Laura agarró sus zapatos y se marchó con Jack.

–¿Has venido a salvarme? –preguntó divertida, poniéndose los zapatos en el pasillo.

Al agacharse, Laura mostró su generoso escote y Jack pensó que no podía perder el tiempo.

–Vamos fuera –sugirió, pensando en las estrellas y la playa.

–No llevo precisamente zapatillas de deporte, Jack. ¿Qué pasa?

–No quiero que nadie escuche lo que voy a contarte –dijo, mirando hacia todos los lados–. Tienes que ayudarme. Cory va a conseguir que todas mis amigas se enfaden conmigo.

–Tiene experiencia en ello.

–Por favor, está entrevistando a todas las mujeres solteras de la isla para encontrarme una esposa.

Laura movió la cabeza y se colocó el pelo detrás de las orejas.

–Este maldito viento no me deja oír bien. ¿Qué has dicho?

–He dicho que Cory está intentando buscarme una mujer. Bueno, en realidad, una madre para Sara –le repitió a gritos Jack.

–Eso es lo más estúpido que he oído en toda mi vida –el cabello se le fue de nuevo a la cara.

Jack deseó poder estar más tiempo allí fuera con Laura, en vez de tener que volver a la pesadilla de la fiesta. Y la pesadilla era en parte culpa suya. Debería haber detenido a Cory cuando todavía tenía oportunidad.

–Creí que podría ser divertido –admitió–, no sabía que haría el ridículo de ese modo, ofendiendo a todas mis amigas. Laura, tiene una lista de preguntas y una grabadora en el bolso –dio una patada a una piedra y miró hacia el suelo–. Les está preguntando a todas por su vida sexual.

Hubo un silencio y luego le dio otra patada al suelo, levantando un montón de arena.

–Bueno, ¿y qué se supone que puedo hacer yo? ¿Robarle el bolso?

–Quiero que te haga la entrevista a ti.

Cuando finalmente levantó la vista, Laura lo estaba mirando como si se hubiera vuelto loco.

–¿Quieres que tu ex mujer me haga una entrevista por si me elige como tu futura esposa?

–No me importa lo que digas, solo quiero que la distraigas mientras yo pienso algo para sacarla de aquí. Por favor, no sé qué otra cosa puedo hacer. Es la mujer más cabezota que conozco y cuando se propone algo...

–Lo sé. Solo hay que verla. Mira: parece un tiburón detrás de un pececillo.

Jack miró hacia la casa y vio a Cory, hablando con una mujer de piel clara.

–¡Oh, Dios! Esa no es un pececillo, esa es una sierva de Dios. Esto es una emergencia. Por favor, Laura, te lo suplico.

Laura soltó una carcajada. Echó la cabeza hacia atrás y el viento se llevó su risa.

–Es mejor que no escuches esa cinta, Jack, porque voy a reírme.

Subió las escaleras y Jack la siguió. A pesar del estado de ánimo en que se encontraba, disfrutó de las nalgas que se movían delante de él. ¡Por lo menos aquella noche tenía sus compensaciones!

Llegaron al salón y fueron hacia Cory.

–Hermana Eldred, me alegra verla –saludó Jack, ofreciendo a la sorprendida mujer una de sus mejores sonrisas–. ¿No está haciendo un tiempo muy agradable para la época del año?

Jack se puso entre Cory y la mujer.

–¿Se ha fijado en la vista que hay desde el salón?

–Hola, Cory –dijo Laura, sonriendo a la ex mujer de Jack.

–Pero si es Laura Kinkaide.

–He conocido a Sara, tu hija. Es una niña estupenda.

Cory esbozó una sonrisa sincera.

–Gracias. Estoy muy orgullosa de ella. Jack está haciendo un trabajo estupendo.

–Es verdad. Será el marido perfecto cuando se case.

–¿Se me ha corrido la pintura de los labios? –preguntó de repente Cory, abriendo su bolso.

Laura vio la hoja de preguntas, a pesar de que la mujer fingía estar pintándose los labios. Laura se preguntó cómo había permitido que aquella mujer la intimidara en el pasado.

–O sea, que vives ahora en Seattle y tienes tu empresa de decoración –comenzó a decir Cory–. ¿Has pensado alguna vez en volver a Laroche?

–Volvería si tuviera una razón para ello.

–¿Como un hombre, por ejemplo?

–Entre otras cosas.

–No has mencionado que tengas novio en Seattle –la mujer hizo hincapié en la palabra novio.

–Hace poco que he terminado una relación –explicó Laura, tratando de parecer desolada–. No era el hombre adecuado.

–Creo que lo más duro de estar soltera es no tener relaciones sexuales, ¿no te parece?

Laura miró a su alrededor para asegurarse de que nadie las estaba escuchando. Vio que Jack las miraba desde el otro lado del salón y le dirigió una sonrisa.

–Sinceramente, ya que somos dos mujeres solteras y estamos solas...

Cory asintió vigorosamente.

–Te diré que lo echo tanto de menos, que estoy que me subo por las paredes.

La entrevistadora pareció complacida y luego leyó la siguiente pregunta.

–¿Y tu religión es... ?

–Espero que no te moleste si te digo esto, pero

tengo a menudo fantasías eróticas con Jack –Laura lo dijo con voz fuerte y clara y dirigía la voz hacia el regazo de Cory. No quería que la grabadora dejara de registrarlo–. El estar bajo el mismo techo que él todo el día, me pone... me excita mucho. ¿Has visto alguna vez un hombre al que le queden los pantalones como a él?

–Es verdad –dijo Cory entusiasmada.

Miró su bolso nerviosa. Parecía que no sabía cuál era la siguiente pregunta.

–Me preguntaba... no puedo evitar pensar... Oh, Cory, ¿cómo es Jack en la cama? –Laura fue en ese momento la que se inclinó expectante sobre la otra mujer.

Cory se puso colorada y retrocedió.

–Él... está bien. Yo no sé cocinar mucho. ¿Tú, qué tal te arreglas...? ¿Te gusta?

–Está bien, ¿eh? ¿Solo eso?

Jack las estaba mirando y Laura le lanzó un beso.

–¿No es un buen amante?

–Sinceramente, Laura...

–Me daba miedo eso –dijo, meneando la cabeza con tristeza–. Algunas veces esos tipos tan guapos pueden ser decepcionantes en la cama, cuando apagas las luces y te metes bajo las sábanas. ¿Sabes a lo que me refiero? Todo aire y luego nada...

–Oh, no. Jack siempre cumplió. Bueno, quiero decir... ¡Oh, Dios! Mira qué hora es. Mañana tengo que levantarme muy temprano.

La mujer se levantó tan rápidamente, que se le cayó el bolso al suelo.

–¿Así era? No me extraña que lo dejaras.

Cory se fue hacia la puerta como un animal acorralado.

–¡Ah, Cory! –gritó Laura.

–¿Qué?

–Que soy presbiteriana y me gusta cocinar.

Cory soltó una risita nerviosa y salió apresuradamente.

Laura miró a Jack, que lanzó el puño al aire con un grito de alivio.

Segundos después, estaba sentado en el sofá, en el lugar que había ocupado Cory.

–¿Cómo lo has conseguido?

–Le he dicho justo lo que quería oír. Adornándolo un poco.

–Gracias –estiró las piernas–. Estaba preparándome para irme antes de que me agarraran todas las mujeres solteras y me linchasen.

Laura sonrió satisfecha.

–¿Por qué está haciendo esto, Jack?

–No lo sé. Le hizo una entrevista a la hija de una actriz y parece que se ha sentido culpable. Es normal, pero se lo ahorraría si viniera a ver a Sara más a menudo. Pero claro, eso entorpecería su carrera. Así que, en lugar de ello, quiere que me busque una compañera, para que haga el papel de madre. Eso es lo que me ha dicho –añadió, encogiéndose de hombros.

–Creí que quería volver contigo.

–Yo también lo pensé, hasta que se rio en mi cara y me dijo que tenía que ser más humilde en mis ambiciones.

Laura lo agarró del brazo en un impulso.

–Lo siento, Jack.

–¿Sentirlo? –replicó él, girándose hacia ella–. Lo peor que me podía pasar, además de perder a Sara, sería volver con Cory. Y ahora lo único que quiero es que deje este plan absurdo cuanto antes.

Laura abrió la boca para decir algo, pero luego volvió a cerrarla.

¿Entonces no quería volver con Cory?, pensó.

Habría apostado cualquier cosa a que aquella rubia despampanante solo tenía que hacer un chasquido con los dedos para que Jack fuera de nuevo detrás de ella.

El descubrimiento la dejó sin habla y con una agradable sensación por dentro.

Jack pasó el resto de la velada con Laura, pero mientras disfrutaban de la cena, se mostró molesto por los comentarios halagadores que hacía Laura de Chip.

—Es estupendo. Por el día es un buen profesional y por la noche todo un chef.

—No sabe ni poner agua a hervir —le aseguró Jack—. Todo esto lo ha mandado traer.

—Pero es muy simpático conmigo. Estoy deseando empezar con la decoración de su dormitorio. Me ha dicho que soy libre de hacer lo que quiera.

—Pues asegúrate de que se está refiriendo solo a la decoración —agregó Jack—. De todas maneras, tienes que terminar primero la mansión.

Después de la cena, empezó el baile y, cada vez que Chip se acercaba a Laura, Jack le lanzaba una expresiva mirada.

En un momento dado, pusieron una canción de Bruce Springsteen y Jack sacó a Laura a bailar. Cuando llegaron a la pista, la abrazó y puso su rostro al lado del de ella. Laura sintió su piel dura, el calor de su pecho y el movimiento de sus piernas, que siguió de manera instintiva. Era la primera vez que bailaban.

Eran la pareja perfecta.

Laura se sintió tan bien, que notaba un nudo

en la garganta. Stan tenía razón, no había nada malo en los hombres con los que salía. El problema era que su corazón no estaba libre. Llevaba prisionero muchos años. Dio un suspiro y se apretó contra Jack, dejando caer la cabeza sobre su hombro.

Jack le murmuró algo al oído, pero ella era incapaz de hablar. Solo podía dejarse llevar por el calor que emanaba él.

A aquella canción le siguió otra y luego otra más. Cuando la música cambió de ritmo, Jack la soltó y la miró a los ojos.

–Vámonos de aquí. Me parece que Chip está otra vez detrás de ti.

Laura se dejó llevar hacia la puerta.

–Espera, me falta el bolso.

–¿Dónde está?

–En el dormitorio de Chip.

–Yo iré a buscarlo –se ofreció Jack–. Tú quédate aquí.

Jack fue prácticamente corriendo y a los pocos segundos volvió.

–¿No deberíamos despedirnos de Chip?

–Ya lo he hecho yo. Por los dos –añadió al darse cuenta de que Laura iba a decir algo.

Laura se dio la vuelta con una sonrisa en los labios y la decisión de llamar a Chip al día siguiente por la mañana para darle las gracias. Pero en esos momentos prefería disfrutar de la compañía de Jack. Tenía veintiocho años y se sentía, por primera vez en la vida, como la reina de la fiesta.

Fueron hacia la furgoneta de ella y, en cuanto Laura abrió la puerta, Jack la besó en la boca.

Fue como si hubiera estado esperando toda la noche y no pudiera esperar más. No fue un beso silencioso y casto, como el de la playa. Fue apasionado y exigente. Laura se dio cuenta de que también ella había estado esperando toda la noche para hacer aquello y respondió con entusiasmo.

Luego pensó en lo mucho que había mejorado la técnica de Jack y en lo mucho que le gustaba cómo había cambiado su cuerpo. Le encantaba tocarlo y sentir sus manos en su espalda, en sus caderas...

Jack se separó ligeramente para tener espacio y poder bajar las manos por su vientre, para luego subirlas suavemente hacia sus pechos. Laura suspiró satisfecha y lo acarició a su vez.

Tocó los músculos de su espalda, los de sus hombros y pecho y, al hacerlo, notó el deseo que estallaba en su interior. Sintió el aire frío de la noche en su piel, que contrastaba con el calor que se despertaba allí donde Jack la acariciara.

Jack la besó por el cuello y ella se arqueó hasta apoyarse sobre la furgoneta. Luego metió las manos entre el cabello espeso de él. Jack, entonces, le bajó la cremallera del vestido mientras que con la boca le bajó el corpiño hasta que sus senos quedaron libres. Laura tembló de placer. Se sentía feliz en los brazos de Jack. Le encantaba que la hubiera elegido a ella y que Cory se hubiera ido sola de la fiesta.

Cuando Jack agarró uno de sus pezones con la boca, Laura echó hacia atrás la cabeza y se estremeció de placer. Arriba, el cielo estaba estrellado y ella se sentía como una de aquellas estrellas ardientes.

Deseaba a Jack de un modo que no podía seguir ocultando. Había estado fingiendo durante años que lo había olvidado, pero no era cierto. Probablemente nunca podría olvidarlo. Cuando la boca de él volvió a cubrir la suya, ella lo agarró y lo apretó contra sus caderas.

Jack, que estaba visiblemente excitado, gimió. Pero, de repente, se apartó de ella.

–Sube a la furgoneta.

–¿A la furgoneta?

En ese momento, se abrió la puerta de Chip y salieron algunas parejas. La noche ya no era solo de ellos. Se oyeron ruidos de pasos y risas. Jack le subió rápidamente la cremallera, murmurando algo entre dientes.

Ya en el asiento del conductor, Laura se quedó inmóvil, mirando a Jack e incapaz de decir nada.

–¿Estás bien? –le preguntó él, inclinándose sobre la puerta–. ¿Crees que puedes conducir?

Laura asintió.

–Reúnete conmigo en casa. Sara está donde tu abuela –susurró Jack, casi suplicante.

Pero Laura había recuperado el sentido común y movió la cabeza negativamente.

–No... esto es... No puedo –dijo, sin aliento, tratando de arrancar el coche.

Notó la frustración de él, que dio una patada a la gravilla del suelo.

–No te voy a decir que lo siento porque no es así. Si ese idiota con el que sales tuviera un poco de inteligencia, habría venido contigo.

Jack agarró su rostro entre las mano y la besó.

–Seríamos una pareja estupenda y lo sabes –añadió, incorporándose.

Luego se fue hacia su camioneta.

Ella se quedó sentada allí unos minutos, sin hacer nada, tratando de serenarse. Además, quería dejar tiempo para que Jack recogiera a Sara antes de que ella llegara a casa de su abuela.

Después de arreglarse el vestido y el pelo, se retocó el carmín de los labios.

Antes de arrancar, esperó unos segundos para

ver si se oía el motor de la camioneta de Jack. No escuchó nada. Pero cuando finalmente arrancó, vio que se encendían las luces de él. Jack estaba esperando a que ella saliera primero. Y eso fue lo que hizo, aunque apretando los dientes y soltando maldiciones contra los hombres dominantes y entrometidos.

Al llegar a casa de su abuela, fue hacia la puerta. Abrió y, cuando estaba a punto de entrar a la cocina, donde Sara y su abuela estaban jugando a las cartas, oyó que llegaba también Jack.

–¿Te lo has pasado bien, tesoro? –le preguntó la anciana.

–¡Qué vestido más bonito! –exclamó Sara.

–Laura, ¿puedo hablar contigo? –preguntó Jack que llegó en ese momento.

–Gracias, Sara. Y no –añadió hacia Jack–. Ahora no tengo ganas de hablar.

Luego le dio la espalda para preparar una infusión de manzanilla, que la ayudaría a tranquilizarse. Su sexto sentido le avisó de que Jack estaba justo detrás antes de que la agarrara de los hombros.

–Laura, por favor, no nos despidamos así –le dijo en voz baja.

Ella, que tenía los ojos llenos de lágrimas y no quería demostrar su debilidad, no le contestó y se dirigió hacia la puerta. Después salió corriendo escaleras arriba. Solo se dejó llevar por el llanto cuando se encerró en el cuarto de baño.

Mucho después, oyó que la camioneta de él se alejaba mientras ella seguía llorando en el baño.

Y lo peor de todo era que amaba a Jack. Siempre lo había amado. En Seattle, se había construido una vida rodeada de altos muros para protegerse. Pero al volver a Laroche, y en solo dos semanas, Jack había derrumbado esos muros y había dejado desprotegido su romántico y frágil corazón. Solo por el placer de volver a destrozarlo.

«Seríamos una pareja estupenda y lo sabes», había dicho él.

Sí, tenía razón y ella lo sabía. Pero también sabía que no aguantaría tener solamente una aventura con él.

Entonces fue cuando se dio cuenta de que solo había un modo de evitar ser, una vez más, la víctima del atractivo de Jack: marcharse de allí.

Capítulo Siete

–Así que huyes de nuevo.

Dio un respingo y se incorporó. Estaba cerrando la maleta y, al ser sorprendida por la abuela, no pudo evitar una sensación de culpa.

–Yo no... –empezó–. Tengo que marcharme. Llámalo como quieras –dijo, admitiendo la verdad.

–Yo lo llamo cobardía –el tono de la anciana le dolió como una bofetada–. Amas a ese hombre, enfréntate a ello, Laura. Huir no cambiará tus sentimientos.

–Por favor, abuela, trata de comprenderme. Tengo que irme.

La mujer movió la cabeza con amargura.

–No he conocido a dos personas que se lleven tan bien y hagan las cosas tan mal. ¿Y qué pasa con la mansión McNair?

–Ya encontrarán a alguien. Les mandaré un fax cuando llegue a Seattle. Dejaré todo bien detallado para que la persona que me sustituya pueda acabar el trabajo. Hasta puedo aconsejarles algún diseñador que conozco.

–Ya.

La anciana bajó a la cocina y Laura en seguida oyó ruido de platos y ollas.

Terminó de hacer la maleta y la bajó. Cuando notó el olor de tortitas, esbozó una sonrisa. El olor le recordaba a su infancia y, como si fuera un trato especial entre ellas, su abuela se las hacía siempre que ella se sentía mal por algo.

Pero Laura no quería desayunar. Quería marcharse de allí cuanto antes. Pero como no podía herir los sentimientos de su abuela, dejó la maleta en frente de la puerta y volvió a la cocina. En silencio, se sentó y se sirvió un café. La abuela le puso enfrente un plato de tortitas y se sentó a su lado.

Aunque Laura seguía sin ganas de comer, untó la tortita con sirope de arce y al dar el primer bocado, el mundo ya no pareció tan terrible.

—No te vayas hoy, querida. Es domingo. No tienes que trabajar. Descansa un poco y piensa las cosas bien. Si sigues pensando lo mismo mañana, telefonea a Delores Walters y le dices en persona que te vas.

Laura dio otro mordisco a su tortita y asintió.

—Pero mañana no trates de impedírmelo.

Llevó la maleta de nuevo arriba y bajó para ayudar a la abuela a preparar la comida de aquel día.

—¿Quieres venir conmigo a la iglesia?

—No, gracias, abuela. Prefiero ir a la mansión y comprobar si no me dejo nada importante.

La anciana asintió.

—Si vas allí, puedes llevar una colcha antigua que quiero prestar al lugar. Es muy vieja. Es un regalo de boda que le hicieron a mi madre sus vecinas. Se pueden ver sus nombres en la parte de atrás. Mi madre me la regaló a mí cuando me casé y yo quería regalártela a ti, pero... creo que faltan muchos años para que la necesites. Hasta entonces, me parece una pena guardarla en el desván, cuando los turistas de Laroche podrían disfrutar de una verdadera pieza antigua. He escrito a máquina los nombres de las mujeres que la hicieron... y he metido la lista también en la caja. Quizá se podría poner una placa con ellos sobre la cama. Lo sugeriré en la reunión del miércoles.

La reunión a la que Laura no asistiría. La muchacha tocó la colcha con respeto. En la caja, también había algunas sábanas y almohadones con bordados de hilo. La abuela también había incluido dos cojines de plumas.

–Deberías llevarlo cuando esté todo terminado, va a llenarse de polvo.

La abuela movió la cabeza.

–Quiero que veas si queda bien en la cama. Quizá haya que hacer algunos cambios.

Así que Laura llevó la pesada caja a la mansión. Al llegar y ver que Jack estaba trabajando allí, debería haberse ido. Pero como pensaba marcharse de Laroche y, por tanto, iba a dejar el trabajo a medias, decidió terminar aquella última tarea y llevó la caja escaleras arriba, al dormitorio.

El colchón viejo había sido sustituido por uno nuevo y Laura se dispuso a hacer la cama relajadamente. Los ojos se le llenaron de lágrimas cuando comenzó a colocar las sábanas. Al hacerlo, un aroma a lavanda llenó el dormitorio.

Laura se emocionó al pensar en los amantes que habían hecho el amor bajo aquella colcha. Tanto los primeros, como los segundos, habían disfrutado de matrimonios felices. Laura se imaginó a sí misma y a Jack en la cama, y tuvo que hacer un esfuerzo por no dejarse llevar por el llanto.

Se apartó de la cama bruscamente y fue a recoger la plantilla con el modelo de las rosas de la pared. Eso le hizo recordar el día en que había estado trabajando alegremente con Sara.

Agarró la plantilla para llevársela, pero luego pensó que quizá la querría utilizar la persona que fuera a terminar el trabajo.

Salió de allí y recorrió las habitaciones del piso de arriba, recogiendo sus herramientas y pensando si el próximo decorador seguiría sus bocetos. ¿Se daría cuenta de lo importante que sería poner dorado en las molduras? ¿Encontrarían la tapicería adecuada?

Odiaba dejar un trabajo a medias. Y más esa casa, que tanto significaba para ella.

Pero no tenía otra opción.

Tenía que alejarse de Jack cuanto antes. Porque estaba segura de que si seguía el impulso de su corazón, terminaría otra vez consumida por su pasión.

Bajó las escaleras, tocando suavemente la barandilla de caoba y pensando en que lo mejor sería no haber vuelto.

Sintió su presencia antes de llegar al piso de abajo. Jack estaba agachado frente a la chimenea, tallando una de las piezas.

Laura oyó el sonido del metal contra la madera y entró silenciosamente en la habitación. La concentración de Jack era evidente en la postura de su espalda y en la posición de la cabeza, así como en su respiración.

Laura observó sus manos y se estremeció, recordando cómo la noche anterior se habían movido con la misma concentración por cada curva de su cuerpo.

De repente, Jack se volvió, a pesar de que Laura estaba segura de que no había hecho ningún ruido. La miró con expresión interrogante. Pero Laura no quería contestar ninguna pregunta, solo quería darse media vuelta y huir de allí. Pero su cuerpo estaba paralizado.

Jack se levantó despacio.

–Hola.

–Hola.

–Siento lo de ayer. Espero que podamos seguir trabajando juntos... –dijo Jack, mirando la herramienta que tenía en la mano.

Laura seguía sin poder hablar ni pensar nada. El corazón le palpitaba a toda velocidad, pero su mente seguía inmóvil.

–Pero si así lo quieres, dejaré el proyecto –añadió Jack.

Parecía incómodo, como si deseara que lo de la noche anterior no hubiera sucedido nunca.

Laura entonces se sintió molesta. Le fastidiaba que él la viera como una niña de dieciséis años que no pudiera besar a un hombre sin enamorarse. Tampoco le gustó la idea de que no pudieran seguir trabajando juntos.

–Tranquilo, Jack, fue solo un beso –notó la mirada de asombro del hombre, sus labios abiertos y su incomodidad–. Un beso que se nos fue un poco de las manos. Fue un error, pero no volverá a suceder. De verdad que no hay problema –esbozó una sonrisa–. Nos vemos mañana.

Tenía la satisfacción de que le había hecho mella en su orgullo y no se dio cuenta de que no le había dicho que se marchaba. Solo cuando estuvo en la furgoneta y se había alejado dos o tres millas, cayó en la cuenta. Entonces, volvió a sentirse como una colegiala.

Laura dio un golpe en el volante.

–Estúpida, estúpida, estúpida.

Se había vuelto a meter en un callejón sin salida, aunque, como decía Stan, era una experta en evitar situaciones comprometidas. Se tranquilizó y decidió poner toda su energía en terminar el trabajo más importante de su vida. También tendría que asegurarse de que ella y el atractivo carpintero trabajaran en diferentes partes de la casa.

La abuela, como era habitual en ella, disimuló su alegría cuando Laura le dijo que se quedaba. Comieron juntas un delicioso estofado de carne mientras Laura le preguntaba todo tipo de cosas relacionadas con la colcha. Eso hizo que la abuela le tuviera que contar no solo cosas de sí, sino también de su madre, de la tatarabuela de Laura.

Pronto Laura se empezó a imaginar el pueblo de Laroche lleno de mujeres valientes con vestidos bordados y el pelo recogido en moños. Mujeres que habían llevado sus ideas sobre la vida y la cultura a esa pequeña isla.

Ellas habían obligado a sus maridos a construir iglesias, predicado la sobriedad y dando a luz en camas hechas por ellas mismas.

Su tatarabuela había sido amiga de la señora McNair y Laura se las imaginaba charlando y tomando té en el salón de la mansión.

Después de la cena, sacó su cuaderno de dibujo y empezó a tomar apuntes para la habitación de los niños y para la de los criados, en la tercera planta. Sería un trabajo menos, ya que solo un tercio de aquella planta se abriría al público. Y, si se atenían a cómo había estado en el pasado, en ellas no había muchos muebles ni decoración.

Lo que Laura hubiera preferido en realidad habría sido empezar por la planta principal, que era la más importante y la que constituía un verdadero reto. Pero Jack no había terminado y ella no empezaría hasta que él se fuera. Jack iría entonces a la cocina y después... Laura hojeó el cuaderno rápidamente y encontró los bocetos para la planta principal.

Tenía muchos dibujos, notas y trozos de papel y tela. Stan la había llamado para informarle de una subasta de muebles que iba a haber y Laura, en un arranque de entusiasmo, había prometido ir el fin de semana a Seattle.

«No hay problema». Las palabras de Laura resonaban una y otra vez en la cabeza de Jack, de manera que no podía concentrarse en el dibujo que tenía que copiar.

Apenas había dormido la noche anterior de tanto como deseaba a Laura. Ninguna mujer le había afectado de aquella manera. Trató de quitarle importancia, diciéndose que su excitación era normal en un hombre que llevaba varios meses sin estar con una mujer, pero conforme pasaba la noche, se daba cuenta de que no era cierto. No solo deseaba a Laura por su cuerpo.

Sabía que ella, al despedirse de él frente a la casa de Chip, estaba enfadada. Quizá porque él acababa de intentar seducirla en el aparcamiento. O quizá estuviera enfadada consigo misma por sentir que estaba traicionando a su novio, cosa que le parecía bien a Jack. O quizá fuera simplemente que ella pensaba que no podían acostarse juntos mientras trabajaran en el mismo sitio.

Hacia el amanecer, había decidido que si dejaba la restauración de la casa, podrían empezar de nuevo, con calma. Conocía a algunos carpinteros que podrían hacer casi todo lo que quedaba del trabajo. Excepto la parte artesana de la madera.

Por otra parte, ella tendría que dejar a su novio.

Él estaba dispuesto a salvar todos los obstáculos, pero eso de «no hay problema»... Desde luego, si ella había sentido lo mismo que él, era una gran actriz.

Él había tenido relaciones sexuales, había conocido la pasión y el tipo de satisfacción que te dejaba una sonrisa en los labios durante días. Pero entre él y Laura había algo más, algo que lo asustaba.

Tenía la sospecha de que ella podía hacerle sentir cosas que jamás había ni siquiera imaginado. Pero también sabía que ella acabaría yéndose de la isla.

Aun así, estaba dispuesto a correr el riesgo. Estaba seguro de que aquel breve encuentro en el aparcamiento le había cambiado para siempre. Pero luego le había dicho aquello de que «no había problema».

Recordó la cara de ella cuando le había dicho aquello por la mañana. Estaba muy pálida y tenía ojeras, como si no hubiera dormido en toda la noche. Exactamente los mismos signos que vería Jack en su propio rostro si se miraba a un espejo.

Empezó a sonreír.

Laura le había mentido.

«No hay problema». ¡Ja! Le gustaría enseñarle a Laura lo que era un problema. Le encantaría. Se frotó la mandíbula pensativo. Si ella se había pasado toda la noche sin dormir por él, eso quería decir que era frágil. Y como en un partido de fútbol, lo que importaba era el resultado final, la victoria. Así que prepararía un buen plan de ataque.

Antes de nada, tendría que preparar el campo. Se necesitaba, desde luego, un entorno romántico. Si la noche anterior hubieran estado en un lugar solos y tranquilos, en lugar de en la calle como dos adolescentes, no habría tenido que irse solo a casa.

Habría terminado lo que Laura y él habían empezado.

La próxima vez estaría preparado y usaría todos los trucos sucios a su alcance.

Compraría champán y pondría música suave. Él sabía que esas cosas les encantaban a las mujeres. Necesitaría también un lugar tranquilo e íntimo. Lo cual era más complicado. Su casa le daría bastante ventaja, pero era imposible por Sara. Y la de Laura también era imposible por la abuela.

Paseó por la habitación pensativo. Los pasos resonaron en la habitación vacía. ¡Ya estaba! No sabía cómo no se le había ocurrido antes. Precisamente en esos momentos estaba en el lugar adecuado: la mansión McNair.

Una incontenible alegría lo invadió. Laura había ganado en el último encuentro, pero él había aprendido algunos de sus puntos débiles. Por ejemplo, el que hay debajo de la oreja. Cuando él se lo tocó con la lengua, ella se estremeció de placer.

Jack sonrió al recordarlo.

Había encontrado algunos más. Y más que tendría que descubrir. Los exploraría sin piedad. Ese juego era demasiado importante como para perder... y Jack quería que los dos salieran ganando.

Se sacó el cuaderno con tapas de cuero que llevaba siempre en el bolsillo de su pantalón y anotó en la última página: *champán y copas*. Luego, pensó en la cocina y añadió: *hielo y velas*. Mordió el lápiz y después de unos segundos, volvió a escribir algo más: *preservativos*. Cerró los ojos para intentar recordar algo más y, al imaginar la escena, se sintió completamente excitado.

Se imaginó tumbado al lado de Laura después

de haber hecho el amor. Si lo de la noche anterior había sido un anticipo, imaginaba un episodio vigoroso y maravilloso. El sexo siempre le daba ganas de comer.

Añadió a la lista: *algo de comer*.

Luego subió silbando las escaleras de dos en dos e hizo un breve repaso. Casi se echó a reír cuando vio la cama del dormitorio principal con sábanas y colcha. Se sentía como si el partido estuviera ya ganado.

Todavía silbando y ya de mucho mejor humor, bajó las escaleras. En su estado no podía concentrarse en el intrincado dibujo que estaba tallando. Al mismo tiempo, parte de su mente podría seguir fijando los detalles de lo que iba a hacer con Laura una vez que la tuviera desnuda sobre la gran cama de la planta de arriba.

Había dejado a Cory en casa con Sara. Le gustaba dejarlas solas, y más desde que sabía que Cory no planeaba llevársela.

Había prometido a Cory ir a buscarla por la tarde para hacer recuento de las candidatas. Estaba impaciente por escuchar lo que había dicho Laura.

Cuando llegó a casa, Sara y Cory estaban viendo la tele y comiendo palomitas. En cuanto llegó, Cory dejó a Sara y fue con Jack a la cocina. La mujer llevaba una carpeta en la mano.

—¿Has encontrado ya a mi futura mujer? —preguntó él después de sacar una lata de soda de la nevera.

—El plan no ha tenido mucho éxito. Todavía hay que trabajar más —replicó Cory.

—Pensé que había muchas mujeres en la fiesta. ¿Qué te parece Mary, la directora del banco? —preguntó con expresión inocente.

Cory buscó la página donde tenía la entrevista con la mujer en cuestión.

—Demasiado hostil.

—¿Y la profesora?

—Demasiado rígida.

—¿Y Laura?

Cory no necesitaba consultar sus notas. Miró a Jack como si se hubiera vuelto loco.

—Esa mujer está obsesionada con el sexo, Jack. No es una persona sana.

—¿Te habló de ello?

—Fue de lo único que habló —dijo Cory con las mejillas encendidas—. Tuvo el descaro de preguntarme si eras un buen amante.

Jack se apoyó en una de las sillas y esbozó una sonrisa.

—¿Y lo fui?

—No estoy aquí para engordar tu ego, Jack. Tengo la impresión de qué Laura piensa que no eres suficiente hombre para ella.

—¿Qué? —la silla se cayó al suelo y Jack la recogió, ya sin la sonrisa en los labios.

—Te aseguro que es una ninfómana —contestó Cory, cerrando la carpeta—. No, tenemos que seguir buscando. Quizá podíamos poner un anuncio en el periódico.

—¿Te dijo algo de su novio de Seattle? ¿La satisface él?

—¿El novio de quién?

—¡El de Laura!

—No tiene novio. Rompieron cuando ella se vino aquí.

A Jack le dio un vuelco el corazón.

—¿Estás segura? ¿No está con nadie?

—Estoy segura. Me dijo que estar soltera la estaba volviendo loca porque no sabía estar sin... ya me entiendes. De todos modos puedes olvidarte de Laura. Está enferma. ¿Quieres que escriba yo misma el anuncio?

Pero Jack no podía olvidarse de lo que había dicho Laura. Así que pensaba que él no era suficientemente viril, ¿verdad? Recordó cuando estaba siendo entrevistada, que lo miró y le sonrió, al tiempo que le hacía una señal con la mano. Definitivamente, no estaba jugando de acuerdo a las reglas, provocándolo de aquella manera. Tendría que penalizarla.

Se dio cuenta de que su ex mujer seguía esperando una respuesta.

—Déjame que piense en ello. Te agradezco mucho lo que has hecho, pero ahora quiero descansar un poco y pensarlo.

Cory lo miró con gesto serio.

—Sara se hace cada día mayor y tú también —se levantó de su silla—. Te llamaré la próxima semana y hablaremos entonces.

—Por cierto, ¿qué te tenían que mandar por fax al hotel?

—¿Qué? ¡Ah, eso! Nada, las preguntas de una entrevista que tengo que hacer la semana que viene.

—Unas preguntas, ¿eh? —repitió Jack pensativo—. O sea, ¿que suelen escribirte las preguntas que tienes que hacer?

Cory pareció sorprendida por el repentino interés de Jack.

—Bueno, sí, tenemos gente que nos escribe los temas y las preguntas —Jack sonrió divertido—. Lo podría hacer yo misma, pero estoy ocupada con otras cosas —dijo, sonrojándose.

Jack sonrió para sí. O sea, que seguía utilizando chuletas.

Algunas cosas no cambiaban nunca.

Jack estaba ya trabajando y silbando alegremente, cuando Laura llegó el lunes por la mañana. Al verla, esbozó una sonrisa maravillosa.

–Si pudieras envasar y vender tu ánimo, harías una fortuna –gruñó Laura.

«Y yo sería la primera en comprar una botella». Era evidente que Jack había olvidado la noche de la fiesta. Justo lo que ella necesitaba.

Había planeado subirse directamente a la planta de arriba, pero no pudo evitar mirar hacia Jack.

–¿No has podido salvar la pieza original?

–Tenía carcoma.

–¿Y hay algo más estropeado?

–Algunos paneles, pero nada grave. Afortunadamente, la ciudad se ha encargado de mantenerla mínimamente cuidada.

Laura siguió contemplando fascinada el trabajo de Jack. Se agachó junto a él y admiró su técnica y destreza con las herramientas. Oyó el sonido de la gubia contra la madera, conforme aparecían nuevos detalles.

Notó el calor del cuerpo de Jack, junto con el olor de la madera.

–¿Te gusta hacer hojas?

–Me encanta. Y es el tema favorito de los artesanos... es el espíritu del árbol que se asoma en las ramas.

Se detuvo para limpiar el polvo y luego continuó su trabajo.

–Aunque en este caso, creo que el que hizo

esto, lo copió de un cuadro que representaba una chimenea inglesa. Sí, parece inglés –añadió, cuando ella puso gesto de sorpresa.

O sea, que Jack también tenía corazonadas, pensó Laura. Esas intuiciones inexplicables. Mientras lo observaba trabajar, sintió su sensibilidad artística. Él se llamaba a sí mismo carpintero, pero era un verdadero artesano. Y Laura se preguntaba si sería capaz de distinguir la pieza nueva de la original.

El olor de la madera nueva, mezclada con la fragancia del hombre que estaba a su lado, resultaba embriagador. Debería moverse y seguir con su idea de alejarse de la tentación, pero no lo hizo.

–¿Quién te enseñó?

–Tu abuelo. ¿No te acuerdas cómo solía seguirlo a todas partes? Él tallaba todo tipo de cosas. Muebles, animales... Me hablaba a veces, aunque casi siempre escuchaba lo que yo le decía. Luego empezó a enseñarme. Era un hombre estupendo.

–Sí. Se sentiría muy orgulloso si te viera ahora.

Jack alzó la vista y sonrió. Laura vio algo en aquella sonrisa que la hizo temblar. Fue como si aquellos ojos de un azul profundo le hubieran enviado un mensaje oculto e inquietante. Sospechaba que se estaba metiendo en problemas de nuevo.

–Será mejor que me vaya a trabajar.

–¿Vas a estar hoy en el dormitorio principal?

–No, ya he terminado. Hoy voy a empezar la habitación de la servidumbre, en el piso de arriba.

–Ah.

Capítulo Ocho

Al ver la sencilla habitación de la criada, Laura se alegró de no haber estado nunca en una situación parecida. Pintó de verde claro las paredes y el techo de la pequeña habitación del desván. Ahí no hacían falta adornos ni un cuidado especial. Esperaba encontrar una cama sencilla de metal y un armario con cajones. Unos cuantos libros descansaban en una estantería, que era el único mueble que había tenido la criada y que servía también de armario.

Cuando terminó con las paredes, estaba sudorosa, pegajosa y llena de pintura por todas partes.

—¡Dios mío! Si pareces el monstruo del lago negro —gritó Jack desde la puerta.

—¡Ja, ja, aquí viene mi próxima víctima! —gritó Laura, levantando el rodillo a modo de arma.

—He venido en son de paz. Te traigo un regalo —replicó Jack, enseñándole el termo del café.

Ella soltó el rodillo y Jack entró en la habitación.

—Huele como si estuvieras haciendo una guerra química.

Jack sonrió le tocó la nariz con su dedo índice y luego se lo enseñó. El dedo estaba manchado de pintura verde.

Laura se fijó en sus ojos, que eran tan azules y brillantes como el mar del puerto de Laroche en un día soleado. Le dio un vuelco el corazón.

Jack se limpió entonces el dedo en la bata de ella y Laura no pudo evitar estremecerse.

—¿Por qué no bajamos a una de las habitaciones terminadas para tomarnos el café? —preguntó, haciendo ademán de salir.

Pero Laura hizo un gesto con la mano.

—Yo no voy a ninguna parte hasta que esté seca. Vete tú. Yo tomaré el mío aquí.

—Entonces me quedo contigo —afirmó él, observando la habitación—. ¿Nos podemos apoyar en algún sitio?

—Solo en la puerta. Es lo único que no he pintado.

—¿Me estás pidiendo que cierre la única ventilación que hay?

—Oye, no hace falta que te quedes.

Jack cerró la puerta y se sentó en el suelo.

Laura esbozó una sonrisa.

—La ventana está abierta —aseguró, señalando una pequeña apertura que había en la parte superior de una de las paredes.

Jack le dio una taza y ella consideró rápidamente dónde ir a sentarse. O lo hacía al lado de Jack, o en medio de la habitación. Como le dolía el cuello de pintar el techo, necesitaba un apoyo y decidió sentarse a su lado.

—Ten cuidado con los codos —avisó.

No había mucho sitio y, aunque intentó evitarlo, no fue capaz de evitar tocar a Jack. Su cuerpo era caliente y sólido y cada vez que se tocaban, el de Laura se estremecía.

Trató de beberse su café e ignorar la forzada cercanía con Jack.

—Te ha salido muy rico.

Jack se volvió sorprendido.

—¿Me lo dices en serio?

–Mmm

Al hacerlo, se tocó los hombros con una mueca de dolor.

–Vas a tener que dejar de copiar a Miguel Angel hasta que tu cuello se ponga mejor.

Entonces el hombre dejó la taza en el suelo y antes de que ella se diera cuenta de sus propósitos, la agarró y la puso sobre su regazo, de espaldas a él. Ella no se atrevió a pelear debido a la pintura.

–Déjame. Jack, te vas a manchar con mi bata.

Jack abrió las piernas y la colocó en el suelo.

–Y ahora quédate quieta.

Sus manos empezaron a moverse sobre el cuello de Laura de una manera maravillosa. Pronto, toda la tensión desapareció y dejó de luchar por liberarse.

–Hay una niña en la clase de Sara que se ha puesto en el pelo mechas de un verde igual a este. Está muy de moda.

Lo dijo con una voz tan suave, como la presión que hacía sobre su cuello y sus hombros. Fue un tono amable, alegre, sin amenazas que, en pocos minutos, relajó por completo a Laura.

Estar así sobre él, sintiendo el calor de sus muslos y sus manos, le resultaba muy agradable, casi familiar. Jack estuvo mucho rato masajeándole el cuello y ella cerró los ojos y se abandonó.

Las manos de él eran fuertes y duras. Manos de trabajador, pensó Laura. Y por encima del olor de la pintura, podía distinguir el de la madera que impregnaba las manos y la ropa de él. Su respiración era lenta y firme, como el movimiento de sus manos. Cada respiración que daba provocaba una oleada de aire caliente en su cuello que era como el susurro de una caricia.

Laura no se dio cuenta del momento en que la

108

atmósfera empezó a cambiar, pero, de repente, dejó de estar relajada y una extraña tensión comenzó a formarse en el ambiente. Y a pesar de todos sus planes de mantenerse alejada de él, fue incapaz de moverse.

Además, se dijo para intentar tranquilizarse, no iba con un vestido rojo corto y ceñido, ni maquillada o con el pelo arreglado. Él, incluso, le había hecho un comentario sobre lo horrible que estaba.

Solo a un hombre desesperado, o profundamente enamorado, le resultaría atractiva una mujer con su aspecto. Ella había visto en la fiesta de Chip cómo miraban las mujeres a Jack. No había duda de que era un hombre demasiado atractivo para estar desesperado.

De repente, deseó ir vestida con algo sexy. De ese modo, se daría la vuelta y dejaría que sus labios, que estarían pintados, jugaran con los de él. Le dejaría oler su perfume y ver su escote hasta volverlo loco.

Porque se daba cuenta de que deseaba a Jack con todas sus fuerzas y en ese momento le daba igual el futuro. Era mejor un poco de felicidad fugaz, que toda una vida preguntándose cómo habría sido. Por lo menos, cuando se fuera, lo haría con unos recuerdos que guardaría siempre como un tesoro.

En un momento dado, el movimiento de las manos de Jack se convirtió en una caricia. Y ella, en lugar de salir corriendo como había planeado, dio un suspiro que era una mezcla de gratitud y placer.

Los labios de Jack susurraron algo sobre su nuca, haciéndola estremecerse de placer. La besó debajo de la oreja y luego acarició la zona con la lengua, haciendo círculos. Laura sintió que todo su cuerpo se encendía de deseo.

Jack desabrochó los botones superiores del mono de Laura. Ella entrelazó sus piernas con las de él y notó el palpitar errático de su corazón. Él, como si quisiera calmarlo, bajó las manos por su camiseta hasta ponerlas encima de él. Pero solo consiguió alterarlo más.

Laura nunca se ponía sujetador cuando trabajaba con mono, así que no había más que una tela fina entre sus senos y las manos seductoras de Jack. Sus pezones estaban tan duros que parecía que iban a traspasar el mono. Pero Jack no los tocó inmediatamente, sino que dibujó su contorno una y otra vez sobre la tela.

Cuando finalmente metió las manos debajo, ella no podía aguantar más. Jack acarició primero su vientre y luego cubrió sus senos. Ella gimió cuando él agarró ambos pezones entre sus dedos.

Entonces se dio la vuelta y lo besó apasionadamente. A él parecía no importarle que ella estuviera hecha un desastre, porque la besó con un ardor que la hizo estremecerse. En un momento dado, Jack sacó las manos de debajo de la camiseta para seguir desabrochándole el mono. Cada vez que se soltaba un botón, Laura sentía un escalofrío en la espalda.

Se sentía como si hubiera estado esperando ese momento durante doce años... y no podía esperar ni un solo segundo más.

Agarró el rostro de Jack y metió los dedos entre su cabello antes de unir su boca a la de él.

En ese momento, el ritmo entre ellos cambió bruscamente.

Jack, sin apenas dejar de besarla, le quitó la camiseta. Cuando sus labios se encontraron de nuevo, los senos de Laura se apretaron contra la camisa de él.

Jack se separó un poco y miró su torso desnudo. La expresión que puso le hizo sentirse preciosa a Laura.

Esta se puso de rodillas delante de él y le desabrochó la camisa, riendo cada vez que una nube de polvo, procedente de la madera, se desprendía de los botones. Luego deslizó las manos sobre su vello cobrizo, dejando manchas de pintura verde. Él, mientras, se quitó por completo la camisa y la tiró al suelo.

Ya desnudos de cintura para arriba, se abrazaron. Laura se aferró a él, deseando sentirlo dentro de sí. Su cuerpo gritaba y así se lo hizo entender a Jack con sus manos y su lengua. Se negaba a pensar, se negaba a hacer cualquier cosa que no fuera dejarse llevar por aquel placer maravilloso.

Jack tiró entonces del mono, que cayó sobre sus caderas.

–Espera, las botas... –musitó ella.

Se sentó y Jack la ayudó a quitárselas. Lo hizo con tanto cuidado, como si fueran las zapatillas de una bailarina.

Lo siguiente fue quitarle sus medias de lana gris. Finalmente, tiró del mono hacia abajo y este se deslizó sobre sus piernas. Cuando Laura miró sus pantalones, él obedeció la silenciosa orden y se empezó a desabrochar. Mientras, ella lo ayudó a desatarse las botas y quitarse los calcetines.

Jack se tumbó al lado de ella. Laura contempló sus músculos mientras él limpiaba un poco el suelo para tumbarla.

–Me siento como si estuviera en una pelea de lucha libre.

–Pues creo que estás perdiendo –contestó Jack divertido.

Ella esbozó una sonrisa. Se sentía feliz y más viva de lo que se había sentido nunca. Buscó el bote de pintura a tientas y metió un dedo en él.

–No estés tan seguro –dijo, dibujando sobre su pecho.

–Yo haría lo mismo, pero no quiero envenenarme cuando lama tus senos –susurró él.

Jack contempló el cuerpo de Laura con una expresión que la hizo estremecerse. Luego comenzó a besarla por el cuello, los senos y el vientre. Laura gimió y le agarró la cabeza.

Jack besó su vientre y se detuvo en su ombligo, haciéndola cosquillas. Al llegar a sus braguitas, dio un gemido y las agarró con los dientes. Entonces, pasó las manos por debajo de sus caderas y la hizo levantarse un poco. Luego, usando sus dientes, tiró de la tela y le quitó la prenda del todo.

Laura yació desnuda mientras él la miraba, haciéndola sentirse muy frágil.

–Eres la mujer más guapa que he visto en mi vida.

Las manos de Jack temblaron mientras se dirigían hacia el triángulo de vello que acababa de descubrir.

Laura contuvo el aliento mientras él la acariciaba brevemente y metía un dedo en su zona más sensible. Sin dejar de acariciarla, se tumbó a su lado y la besó de nuevo.

–Espera –suplicó ella, consciente de que estaba a punto de llegar al clímax–. Quiero sentirte dentro.

Jack se quitó los calzoncillos y buscó apresuradamente en el bolsillo de sus pantalones. Finalmente, encontró un paquete cuadrado.

Entonces se subió sobre ella, que abrió las piernas para él. Antes de penetrarla, Jack la miró fijamente a los ojos.

Laura lo miró a su vez, notando su deseo y dejando que él viera el suyo propio. Era como volver al pasado, cuando él era el objeto de sus sueños. Pero no era lo mismo. Habían pasado doce años y ambos reflejaban en sus ojos sus respectivas experiencias... sus recuerdos, sus remordimientos.

Pero sobre todo, su deseo.

Cuando ella pudo soportar la dolorosa intimidad de la mirada de él, le agarró el rostro para acercarlo y que la besara. Mientras sus labios se encontraban, él la penetró y Laura sintió como si fuera a estallar de placer.

Se agarró a Jack, apretó sus piernas alrededor de él y lo besó con sus labios y su lengua. Con cada embate, Jack parecía hundirse más profundamente en ella, penetrando en sus lugares más secretos, que ella abría gustosamente para él.

Jack llenaba su cuerpo por completo, elevándola cada vez más. Laura gritó cuando sintió un orgasmo intenso y placentero. Y como un eco, oyó gritar a Jack con el mismo placer.

Luego permanecieron tumbados y entrelazados durante un rato largo, escuchando cada uno la respiración del otro.

—Desde ahora, cada vez que huela a pintura me acordaré de tu cuerpo.

—Tendremos que darnos una ducha con aguarrás —replicó ella, riendo.

—Me gustas así. Eres una obra de arte, mi dama pintada.

Laura lo abrazó con ternura y trató de ponerse sobre él. Finalmente, lo consiguió, pero notó cómo la espalda estaba pegajosa por el suelo lleno de pintura y manchas de aguarrás.

–Vamos, vístete y vamos a mi casa a ducharnos.

Fueron en el camión de Jack y Laura se sentía como si fuera otra vez una colegiala y Jack fuera su novio. No hablaron, pero no dejaron de tocarse.

Cuando llegaron a la casa de Jack, se fueron directamente al cuarto de baño.

–Espérame, vuelvo enseguida con aguarrás –explicó Jack con una sonrisa traviesa en los labios.

Laura nunca había imaginado que la pintura pudiera resultar algo tan sexy. Pero cuando Jack la desnudó y empezó a limpiarla con un paño mojado en aguarrás, creyó que iba a volverse loca. Por supuesto, Jack con la otra mano le hacía otras cosas. Por eso quizá el aguarrás fue tan efectivo.

Laura se tomó la revancha cuando le tocó el turno a ella y no decidió que Jack estaba limpio hasta que no lo vio gemir de excitación. Jack abrió el grifo de la ducha y se metieron bajo el chorro de agua caliente. Se enjabonaron el uno al otro y se besaron larga y apasionadamente. Laura tocó la fuerte espalda de Jack y sus nalgas duras. Finalmente, le agarró el miembro con una mano mientras que en la otra sostenía el jabón.

–Me he olvidado de una cosa –susurró.

Después de la ducha, Jack envolvió a Laura en una toalla y la secó lentamente. Secó sus senos y luego, mientras le secaba el vientre, lamió sus pezones, ya secos, solo por el gusto de volverlos a secar. Cuando estos se pusieron duros, esbozó una sonrisa maliciosa. Luego le secó las piernas y los tobillos. Lo hizo suavemente hasta que Laura sintió el cuerpo pesado. Entonces, la levantó, la colocó contra el espejo y abrió sus muslos. Ella echó la cabeza hacia atrás y aspiró el olor a limón del champú que se mezclaba con un ligero olor a aguarrás.

Laura dejó de sentir nada que no fueran los labios de Jack, que se inclinó y comenzó a besarla por la parte interna de los muslos. Laura susurró desfallecida mientras él buscaba entre el vello que cubría sus más íntimos secretos. La lengua de Jack la tocó, la sedujo y atormentó hasta que ella, dando gritos de placer, enredó sus piernas alrededor de los hombros de él y se agarró a su pelo.

Jack finalmente la levantó en brazos y la llevó hasta su cama.

La habitación de Jack estaba amueblada de un modo sencillo. Las paredes eran blancas; las cortinas y la colcha, azules. Todo estaba limpio y ordenado, casi resultaba impersonal.

Había una foto de Sara sobre la mesilla de noche, junto con un despertador. En una de las paredes había un espejo grande y una foto enmarcada de él y Sara muy elegantes, probablemente en la boda de alguien. No había ni rastro de Cory.

Jack dejó a Laura sobre la cama.

—Creo que deberíamos irnos a trabajar —dijo Laura.

—Es verdad, deberíamos —replicó él, poniéndola sobre sí.

Laura abrió los ojos. Estaba desorientada y confusa. Sentía a su lado el calor de alguien que roncaba y decidió disfrutar por unos instantes de la experiencia de despertarse al lado del hombre que amaba.

Jack tenía un brazo sobre ella, y la mano sobre uno de sus senos, en un gesto posesivo. Laura miró el despertador y vio que eran las dos.

Se permitió un minuto más. Quería recordar el aliento de Jack contra su pelo, el ritmo de su ronquido y disfrutar el inmenso placer de saber que, en ese momento, Jack era suyo.

–Jack –dijo suavemente.

Jack murmuró algo y se dio la vuelta. Laura lo contempló unos segundos y sentía tanto amor por él, que sus ojos se humedecieron. Haciendo un esfuerzo, se levantó de la cama y fue hacia el baño. Allí arrinconó su ropa manchada y se puso una bata de Jack. Después se fue a la cocina para preparar café. Le encantó hacer un café allí, en su cocina, vestida con su albornoz. Cuando lo tuvo preparado, le llevó una taza a la cama.

–Son las dos y media. Sara llegará en seguida.

Jack, gruñendo como un oso que acababa de despertar de su periodo de hibernación, se levantó de la cama y se puso ropa interior limpia que sacó del armario. Laura lo miraba con envidia.

–¿Crees que Sara sospechará algo si me ve vestida con tu ropa? –preguntó finalmente.

Jack la miró divertido.

–Si te refieres a mi albornoz, creo que sí sospechará algo.

–De acuerdo –contestó, quitándose el cinturón y dejando que el albornoz cayera al suelo.

Jack dejó escapar otro de aquellos gruñidos de oso y fue hacia ella.

–Sara está a punto de llegar.

–Eso te va a salvar.

Jack le dio una camiseta limpia y unos calzoncillos. Laura se los puso divertida y a la vez con una indudable sensación de erotismo. Le estaban grandes, pero no del todo mal. También se puso unos pantalones de chándal.

Estaban sentados en la mesa de la cocina, comiendo unos sándwiches, cuando Laura se acordó de Cory y su lista de preguntas.

–¿Cómo le fue a Cory con las entrevistas?

–No muy bien. Piensa que eres una ninfómana.

–¿Y tú qué piensas? –le preguntó, soltando una carcajada.

–Creo que es contagioso –contestó él, poniendo una mano sobre su muslo.

Laura dejó de masticar cuando la mano de Jack subió un poco y se metió en la cinturilla de los calzoncillos que llevaba. Quizá sí que fuera una ninfómana, pensó, mientras notaba cómo el deseo ardía de nuevo en su sangre.

La puerta de la calle se abrió y Jack apartó inmediatamente la mano.

–Hola, cariño, ¿qué tal?

–Hola, papá, ¡estás en casa! –Sara entró en la cocina–. Hola, Laura. ¿Por qué tienes el pelo mojado?

–Laura ha tenido un pequeño accidente mientras pintaba y ha venido a darse una ducha. Le he tenido que prestar ropa limpia.

A Laura le gustó la forma de explicárselo de Jack. No había mentido, simplemente había ocultado ciertas partes. No la miró tampoco, y eso la ayudó a no sonrojarse.

Sara se puso un vaso de leche y se sentó con ellos a la mesa. Tomó uno de los sándwiches y habló sobre su día en la escuela.

Les preguntó por la mansión.

–¿Por qué no vienes a ayudarnos? –preguntó Jack–. Laura se ha retrasado un poco hoy por lo del accidente.

–No puedo, papá. Jennifer me ha pedido que vaya a su casa. Vamos a estudiar el examen de matemáticas que tenemos mañana. He venido solo para dejarte una nota.

–¿Quieres que te recoja en casa de tu amiga

cuando termine de trabajar? Podemos tomar luego una pizza.

—Estupendo. ¿Va a venir también Laura?

—¿Podrás? —le preguntó Jack a Laura.

—Claro.

Dejaron a Sara en casa de Jeniffer y siguieron hasta la mansión.

—Iré a ver si se ha secado la pintura en la habitación de la criada —dijo Laura al entrar.

—Al diablo con la habitación de la criada, ¿por qué no empiezas con las habitaciones de esta planta? Yo ya he terminado el trabajo más sucio y estaré tallando.

—No sé...

—Prometo no molestarte fuera de las horas de descanso.

Laura notó que se sonrojaba al mirarlo a los ojos. Había estado planeando trabajar lo más lejos posible de él, pero en esos momentos no le parecía mal cambiar de idea. Finalmente, asintió.

—Te explicaré las ideas que tengo para la habitación.

Fue a la furgoneta y sacó su cuaderno de apuntes. Le enseñó a Jack los bocetos que tenía para el vestíbulo, el salón y el comedor. También tenía ideas para las restantes habitaciones: la biblioteca, la sala de estar y el invernadero, pero no había hecho ningún dibujo definitivo. Jack miró atentamente los dibujos mientras agarraba a Laura de la cintura.

—¿El salón va en rojo?

—En marrón —corrigió ella—, era muy habitual en 1886 —Jack parecía tan horrorizado, que Laura no pudo evitar soltar una carcajada—. No te preocupes, lo haré con una técnica que suaviza el color y que entonará con el papel marrón que estoy usando para el comedor. ¿En qué piensas?

—Estoy pensando en lo que me gustas vestida de rojo.

Al oír sus palabras, ella empezó a recordar lo que había pasado aquel día en la planta de arriba. Especialmente, recordó un detalle.

—¿Siempre llevas preservativos en el pantalón?

—Pues claro que no.

Laura se quedó mirándolo hasta que él sonrió. Fue una sonrisa tierna y que mostraba también cierto arrepentimiento.

—Me pasé toda la noche de ayer planeando cómo atraparte —admitió, poniendo las manos sobre los hombros de ella.

—¿De verdad?

—Ven aquí.

La agarró de la mano y la llevó a la planta de arriba. Cuando llegaron a la habitación principal, le enseñó una bolsa de papel que había en el suelo.

—Ha sido culpa tuya por insistir en quedarte en la habitación de la criada.

Abrió la bolsa y empezó a sacar el contenido. Un par de velas, la botella de champán...

—El hielo y el cubo los tengo en el coche —explicó—. Y por último, esto. Recién salido de la tienda.

Eran los preservativos y la caja aparecía todavía con el papel de plástico que lo envolvía.

—Siento haber estropeado tu sorpresa —dijo, mordiéndose los labios.

—No estropeaste nada —dijo, abrazándola—. Ha sido perfecto —miró hacia la cama—. No tan cómodo como en una cama limpia y recién hecha... pero perfecto.

Laura se inclinó sobre él y aspiró el jabón del que estaba impregnada su camiseta, junto con su olor corporal.

–Me alegro de que ocurriera como ocurrió. La abuela me prometió regalarme esta colcha cuando me casara. No me gustaría utilizarla en otras circunstancias.

Jack la soltó.

–Cuando te apetezca tomar champán, solo tienes que dar un grito.

A Laura le pareció que lo había querido decir alegremente, pero le notó distante. De hecho, sin decir nada más, se fue escaleras abajo y cuando ella llegó, estaba trabajando.

Pero luego pareció recobrar el buen humor y estuvo todo el tiempo charlando con ella y entreteniéndola. Desde luego, se mostró como un compañero de trabajo muy divertido, pero la intimidad que habían compartido poco antes parecía haber desaparecido.

Capítulo Nueve

La pizzería Coliseum no había cambiado desde que Laura era pequeña. Seguía teniendo los mismos cuadros polvorientos, de paisajes italianos y griegos. La pizza, además, también seguía siendo tan buena como la recordaba.

Laura pensó en ello mientras se metía en la boca un trozo y saboreaba el queso fundido y la salsa.

–El trabajo da hambre, ¿eh? –dijo Jack, sentado a su lado.

Pero no era el trabajo, sino el juego amoroso, lo que les había abierto el apetito.

Mientras comían, entró un grupo de chavales con enormes ropas negras y gorras de béisbol. Miraron a Sara hasta que esta se puso colorada.

–Hola, Sara –dijo finalmente uno.

–Hola, Ryan –contestó la hija de Jack, poniéndose más colorada aún.

Laura notó la irritación de Jack y sonrió para sí. Faltaba poco para que comenzara la pesadilla de la adolescencia de su hija.

–¿Quién era? –preguntó.

–Ryan Bailey.

–¿El que se pasa la mitad del tiempo en el despacho del director? –añadió Jack, mirando al techo.

Sara imitó el gesto de su padre y Laura se echó a reír.

–¿Sabes qué, papá? La familia de Jennifer irá este fin de semana a la casa que tienen en Mount Baker. Me han invitado. ¿Puedo ir, por favor?

–¿Irte el fin de semana? –Jack miró a Laura del mismo modo que Ryan había mirado a Sara–. Claro que puedes. Siempre que termines tus deberes, claro –añadió, recordando de repente sus deberes como progenitor.

Sara sonrió.

–Vale, papá. La madre de Jennifer va a llamarte por teléfono para invitarme formalmente.

Laura se preguntó si Jack hablaría normalmente con las madres de las amigas de Sara, haciendo el papel de madre y padre a la vez. Jack, en ese momento, le agarró la mano por debajo de la mesa. Laura no tuvo valor para decirle que aquel fin de semana iría a Seattle para asistir a una subasta.

Cuando Sara se excusó para ir al baño, Jack se volvió hacia ella.

–Estoy planeando un fin de semana bastante entretenido, señorita Kinkaide.

–Tengo que ir a Seattle para asistir a una subasta de muebles –confesó, sintiendo la misma tristeza que vio en los ojos de Jack–. ¿Por qué no vienes conmigo?

La tristeza desapareció de repente.

–Llevaré champán.

Pero Laura cambió de opinión. ¿Qué demonios estaba diciendo? ¿Llevar a Jack a su apartamento? ¿A su refugio? Si Jack lo invadía...

Y entonces lo miró y lo vio sonriéndole de una manera que la hizo estremecerse. Si tenía que elegir entre un fin de semana completamente sola o con Jack... bueno, dos días con Jack merecían la pena, aunque le destrozaran el corazón para siempre.

Jack llegó a la mansión inmerso en una mezcla de sensaciones. Estaba feliz y a la vez enfadado.

–Jack, ¿puedes subir un momento? –gritó Laura.

Mientras se duchaba aquella mañana con agua fría, Jack había estado insistiéndose una y otra vez en que tenía que concentrarse más en su trabajo. Eso de hacer locuras en la habitación de la criada o en cualquier otro sitio, se había terminado.

Así que no sabía por qué se había parado a comprar más preservativos.

Y en ese momento, el sonido de aquella voz seductora, le hizo olvidarse de todos sus planes. Lo único que podía ver era a Laura, esperándolo en la planta de arriba.

Mientras subía de dos en dos las escaleras, las imágenes de lo que se iba a encontrar alteraron intensamente su libido.

Se imaginó a Laura en ropa interior de encaje negro y tumbada sobre la enorme cama del dormitorio principal. No llevaba ligueros, sino unas simples medias y fáciles de quitar. En ese momento, no se veía con la capacidad de coordinación necesaria para desabrochar nada.

O quizá su voz proviniera de la habitación de la criada. Una nueva imagen le llegó. Laura con un uniforme de criada, con gorro blanco, delantal y medias de seda tan negras como el pecado. Estaría limpiando con un plumero... y en pocos segundos, él la tendría tumbada boca arriba y haría maravillas con ese plumero.

Las escaleras resonaron bajo sus pasos ansiosos. Se detuvo en el segundo piso, sin saber si seguir subiendo. Entonces oyó que ella susurraba su nombre desde el dormitorio.

Jack, muy excitado, entró en el dormitorio dispuesto a arrojarse sobre esas medias negras.

Pero se detuvo bruscamente. Sobre la cama, solo había un animal que no se parecía en nada a Laura.

Al principio, pensó que un gato salvaje se había metido en la casa. Luego se dio cuenta de que no era un gato.

—¡Un mapache!

—Bravo, Sherlock Holmes —dijo Laura, que estaba de pie al otro lado de la cama.

Cuando Jack se acercó, el mapache se levantó e hizo un sonido que era mitad silbido, mitad gruñido. Laura soltó un grito y retrocedió asustada.

Jack tenía que admitir que había visto varios mapaches en su vida, pero aquel parecía especialmente fiero.

Por la expresión de Laura, que llevaba puesto su mono de trabajo, en vez de las medias y la ropa interior de encaje negro, estaba claro que ella no había visto nunca un mapache y parecía muy asustada.

—No sé lo que hacer. Cada vez que me muevo, gruñe y mueve las patas —dijo, visiblemente aturdida.

—Estoy seguro de que se te ocurrirá algo para salir de esta —comentó él, decidiendo gastarle una broma.

—Espera, no te vayas. Tienes que ayudarme.

—De acuerdo, tranquilízate. Me pregunto cómo ha podido entrar.

—¿Y qué importa? Tú hazlo salir.

—Pero todas las puertas estaban cerradas y...

—No me importa si ha llegado en un platillo volante. Haz que se vaya.

Laura parecía estar poniéndose tan nerviosa como el mapache.

–Se siente acorralado. Estamos cada uno a un lado y no tiene escapatoria –le explicó entonces Jack–. Voy a abrir la puerta para ver si se marcha.

Lo hizo lentamente y pensó en que tenía que engrasar las bisagras.

–Ahora voy a abrir la puerta de abajo. En seguida vuelvo.

–Date prisa.

Jack corrió escaleras abajo y abrió la puerta de la calle del todo. Luego volvió sin hacer ruido y entró en el dormitorio, donde no parecía haber cambiado nada.

–Ahora voy a ir hacia ti para que nuestro amigo tenga el camino libre para salir.

Fue hacia Laura muy despacio y, cuando llegó a su lado, no pudo evitar abrazarla. Cuando ella se abrazó a él con fuerza, Jack se vio invadido por un afán de proteccionismo.

–No se mueve.

–No te preocupes. Tengo otro plan preparado.

–¿Cuál?

–Echar a correr a toda velocidad.

Él le hizo un gesto para asegurarle que estaba de broma, pero Laura lo miró enfadada. Jack se separó de ella y empuñó la escoba hacia el mapache. Este silbó de modo amenazante. Jack confiaba en que no le saltara encima.

–Ten cuidado –le advirtió ella.

Jack empuñó de nuevo la escoba, señalando hacia la puerta y girando la cabeza para protegerla. El animal dio un gruñido y luego saltó al suelo.

Laura, entonces, dio un chillido y cayó sobre la cama.

Jack vio una sombra gris y se dio cuenta de que

el animal no se había ido, sino que estaba junto a la cama.

Jack recordó que muchos mapaches tenían la rabia y, asustado también él, se subió a la cama al lado de Laura, mientras el animal los miraba con visible hostilidad.

Lo único que había conseguido Jack había sido cambiar de posición. Ahora ellos estaban en la cama y el mapache ocupaba más o menos el lugar en el que había estado Laura..

–¿Algún otro plan? –preguntó ella.

–Sí, que lo dejemos encerrado aquí y vayamos a mi casa a buscar la trampa que tengo allí. Luego lo dejaremos en el bosque o en cualquier otro lugar lejos de aquí.

Justo en ese momento, el mapache dio un salto y salió por la ventana abierta.

–Así ha debido entrar también –dijo Jack.

Laura se levantó de la cama y cerró la ventana.

–Jack.

–¿Sí?

–Gracias por protegerme.

Jack miró dentro de aquellos preciosos ojos marrones y todas sus fantasías sexuales volvieron a despertarse.

–Ha sido un placer –susurró él, abrazándola.

Jack notó el estremecimiento de ella y la besó en la boca.

Los labios de Laura temblaron bajo los suyos y entonces la abrazó con más fuerza. La boca de Laura se abrió y él metió su lengua y saboreó la humedad caliente de sus profundidades.

Jack sintió que el temblor de ella se iba haciendo cada vez más fuerte y no pudo evitar una sensación de virilidad y orgullo. La lengua de ella jugueteó con la de él y en pocos instantes Jack estaba completamente excitado. Más incluso que cuando había entrado en la habitación, dispuesto a arrojarse sobre la cama.

Jack entonces empezó a desabrocharle el mono, pero Laura no era la única que temblaba y le resultó difícil conseguirlo.

—De ahora en adelante, ven con falda.

—Falda... —repitió ella con la mirada perdida.

Jack notó la mano de ella sobre su miembro y gimió. Iba a explotar en cualquier momento y, de mala gana, se apartó.

—¿Tienes medias sin liguero?

—No.

—Te compraré varias.

Le quitó la parte de arriba del mono y la camiseta que llevaba debajo.

—¿De qué color? —preguntó, apoyándose contra la ventana.

Los rayos del sol silueteaban su cabeza y dejaban su rostro en sombra. Jack confiaba en que el cerezo que estaba enfrente y acababa de florecer, los tapara.

—Negras, rojas, rosas... Un par para cada día del año.

Los senos de Laura eran de color dorado y sus pezones se pusieron duros en el momento en que Jack los tocó. Laura se arqueó hacia él y el sol cayó sobre su pecho.

Jack bajó la cabeza y se metió uno de los pezones en la boca.

Laura sintió un escalofrío.

Jack estuvo mucho tiempo acariciando y chupando el pezón, luego repitió el proceso en el otro. Cuando levantó la cabeza, brillaban como diamantes contra la piel clara de sus senos.

Jack le besó luego el vientre, dejándole una sensación de hormigueo. Finalmente, le quitó del todo el mono y le bajó las braguitas de un solo tirón. Luego puso a Laura sobre el alféizar de la ventana y se arrodilló frente a ella.

Una brisa suave entró por la ventana y los envolvió con su perfume a cerezas. Jack besó sus muslos, tratando de ir despacio, a pesar de la urgencia que sentía por poseerla.

Cuando finalmente le separó el delicado vello y chupó su miel, Laura gritó y se agarró a las cortinas. Jack saboreó la piel húmeda y temblorosa, tomándose su tiempo y disfrutando de los pequeños gemidos que Laura dejó escapar.

—Por favor... por favor...

Jack se bajó los pantalones y se colocó el preservativo en un tiempo récord. Necesitaba, tanto como ella, meterse en su cuerpo. Así que se colocó entre sus piernas, la agarró por las caderas y le dio lo que ella pedía.

Se metió profundamente y de una vez dentro de ella.

Laura pareció derretirse y para ayudarlo, subió las piernas sobre el alféizar y luego las entrelazó en su cuerpo. Jack la hizo llegar en seguida al orgasmo.

La besó y tranquilizó durante un minuto, permitiéndole que se recuperara, y luego se dispuso a continuar.

—No puedo —aseguró ella, jadeando.

Pero Jack no la creyó y decidió aumentar el ritmo y darle todo. Laura estaba excitada, tensa y por la manera en que se movía, pronto iba a quedar claro que mentía. Y así fue. Dando un grito, llegó a un segundo orgasmo y en esa ocasión él también explotó.

—No me lo puedo creer. Nunca he tenido dos seguidos —aseguró ella, poco tiempo después.

–Es que estás en manos de todo un maestro, señorita Kinkaide.

Aunque lo dijo en tono de broma, las palabras de ella lo conmovieron. Le encantaba hacerle sentir lo que nadie había conseguido antes.

Ella soltó una carcajada y se abrazó a él.

Jack miró entonces hacia la cama y pensó que tenía que hacerla suya allí.

–Vamos –la ayudó a levantarse e intentó llevarla hacia la cama, pero se olvidó de que los dos llevaban los pantalones por los tobillos y estuvieron a punto de caerse.

–¿Estás preparado para hacerlo otra vez? –preguntó, abriendo mucho los ojos.

–Ya te lo he dicho, soy un maestro. Además, tienes un cuerpo capaz de excitar a cualquier hombre –replicó, intentando ir de nuevo hacia la cama.

–No podemos, Jack, es miércoles –dijo ella, riéndose a carcajadas.

–Por si no te has dado cuenta, mi hombría es óptima los miércoles.

Le apartó el cabello y acarició con su lengua el lóbulo de su oreja, que era el modo más rápido de derribar las defensas de Laura.

–No, no. La reunión del comité es esta noche y tengo que terminar algunas cosas.

¡Maldita sea! Jack quería tener terminado toda la carpintería de la planta de abajo antes de que el comité llegara. Se puso los pantalones y pensó que el hacerla suya en aquella cama tendría que esperar.

Mientras observaba vestirse a Laura, se sorprendió de lo mucho que la deseaba de nuevo.

–A trabajar –dijo ella, abrochándose el mono.

–Pero no te olvides de que tenemos un asunto pendiente...

–Silencio –gritó Delores Walters con firmeza, haciendo callar las voces de las personas reunidas en la escuela de Laroche.

–A diferencia de la mayoría de los comités para los que he trabajado, el Comité para la salvación de la Mansión McNair está cumpliendo su cometido –hizo una pausa breve–. Y de manera bastante eficiente, debo admitir. Luego nos hablarán las personas que se están encargando de la restauración y visitaremos la mansión.

A Jack se le empezaron a cerrar los ojos, como le ocurría siempre que tenía que asistir a una reunión de ese tipo. Sabía que era importante prestar atención y se esforzaba por conseguirlo.

De hecho, se había tomado dos tazas de café antes de que empezara, pero aquellas reuniones eran como somníferos para él.

Estaba sentado al final de la sala y Laura estaba sentada delante de él. Dejó que la cabeza descansara sobre la pared que tenía detrás, en un intento de mantenerse erguido, y soltó un bostezo.

Llevaban varios minutos hablando de las fuentes de financiación.

Se escucharon las típicas voces, las preguntas de siempre y los comentarios de las personas que eran incapaces de asistir a una reunión y mantenerse callados.

La tesorera del comité era Mary, la directora del banco donde él tenía sus cuentas. Mary estaba mucho menos simpática con él desde que Cory la había entrevistado.

A Jack le caía bien Mary. Le gustaba la calma

con que hablaba de las cosas y el hecho de que no divagara. Jack tenía una mente acostumbrada a los números y prestó atención a su informe. Conforme la escuchaba, se fue haciendo una idea bastante clara de las fuentes de financiación y se despertó inmediatamente.

Una cantidad de dinero que iba a serles concedida por el gobierno había sido cancelada. Mary les leyó la carta oficial, en la que se disculpaban y prometían estudiar el caso dentro de un año o dos.

Es decir, que Mary les estaba diciendo que no había dinero suficiente para completar el trabajo en la mansión. Jack miró hacia Laura, fijándose en que estaba sentada en una postura bastante rígida y poco natural.

Como si se hubiera dado cuenta de que él la estaba observando, se volvió y lo miró preocupada.

Jack asintió y las siguientes palabras de Mary confirmaron sus sospechas.

–Me temo, señoras y señores, que a menos que ocurra un milagro, el comité se quedará sin dinero antes de que las obras terminen.

Hubo un murmullo y luego se alzaron decenas de manos.

Dos horas después, estaban tan lejos de hallar una solución como cuando Mary les había hablado de la crisis.

–De todos modos, sugiero que vayamos a ver la mansión –dijo la señora Walters.

Era una persona fuerte y Jack sabía que si había alguna solución, ella la encontraría.

La escuela estaba a pocos metros de la mansión, así que el grupo fue caminando hacia allí para comprobar el estado de las obras.

Cuando estaban llegando, el grupo se detuvo y

miró la casa que se alzaba orgullosamente sobre la colina.

Aquel edificio había visto muchas cosas. Había sufrido tormentas naturales, desastres financieros y emocionales. Y justo cuando parecía que iba a serle devuelta su gloria de antaño, volvía a golpearle un desastre financiero.

Además, eso dejaba a Jack sin trabajo. No es que le faltaran los proyectos, en realidad tenía una amplia lista esperándolo. Pero odiaba dejar sus trabajos a medias y más aquel, en el que se sentía implicado personalmente.

Hizo un rápido cálculo y pensó que si dedicaba todo su tiempo al trabajo, eso disminuiría considerablemente el gasto. También podía poner de sus bolsillos algunos materiales.

Estaba tan concentrado, que no se dio cuenta de que Laura le había hablado.

—Te he preguntado qué tal es tu situación económica.

Jack la miró y tardó en contestar. Sabía que su generosidad para con la mansión se debía en parte a Laura.

—Estoy pensando en trabajar gratis —dijo ella, un poco nerviosa—. Me lo puedo permitir. Bueno, mi empresa puede, quiero decir. Incluso podría usar ese dinero para desgravar. Así que lo que estaba pensando era que dijéramos que los dos renunciábamos a la mitad de nuestros honorarios. De ese modo, yo cubriría con mi parte tu sueldo completo.

Jack se sintió molesto. ¿Qué se creía Laura, que era un pobretón? Quizá no fuera tan moderno como los tipos de Seattle, pero su situación económica era más que respetable y no necesitaba limosnas.

—Es muy generoso por tu parte —dijo, tratando

de mantener la calma–. Yo también estaba pensando en renunciar a parte de mis honorarios, ya que puedo permitírmelo.

Laura lo miró a los ojos y él, entonces, dejó su rabia a un lado al recordar lo que había pasado aquella tarde.

–¿Estás seguro? –susurró ella.

–Absolutamente –contestó, esbozando una sonrisa y tratando de concentrarse en el presente.

La visita fue desalentadora. Jack observó cómo los miembros del comité suspiraban con tristeza cuando vieron el trabajo que habían hecho. Por una parte, lo admiraban, pero por otra, pensaban que ni la ciudad ni los turistas lo verían terminado. Jack deseó que la abuela de Laura estuviera allí. Seguro que los animaba en seguida.

Finalmente, cuando terminaron la visita y el grupo se reunió en el salón, Jack se acercó a Laura y le habló al oído.

–¿Se lo decimos ya?

Notó el estremecimiento de ella y pensó que si estuvieran solos...

Pero no lo estaban.

Laura se volvió para mirarlo a los ojos.

–¿Estás seguro de que puedes permitírtelo?

–¿Estás segura de que puedes permitírtelo tú?

Laura sonrió y asintió.

–Díselo tú.

Jack la miró unos segundos y luego se volvió hacia el grupo.

–Antes de marcharnos, Laura y yo queremos decirles algo.

–Oh, lo sabía –exclamó la señora Walters con la cara encendida–. Me alegra tanto...

¿Cómo demonios lo podía saber?, se preguntó Jack, mirando a Laura.

—Laura y yo hemos decidido trabajar sin cobrar.

Por alguna razón, la señora Walters pareció decepcionada.

Mary dio un paso hacia delante con una expresión de amabilidad que Jack no había visto desde la fiesta de Chip. Estaba radiante.

—Eso es una noticia maravillosa. Tendré que hacer cuentas, pero creo que el dinero que tenemos alcanza para comprar los materiales que quedan, siempre que nos atengamos a lo esencial.

Después de darles las gracias, el comité se marchó y se quedaron solos Laura y Jack para cerrar la mansión.

Laura había estado muy callada al final de la visita y Jack se acercó a ella y le pasó un brazo por el hombro.

—¿Te arrepientes de tu generosidad?

Ella movió negativamente la cabeza. Sus ojos atraparon la luz de alguna parte y brillaron como si fueran de caoba.

—No. Me arrepiento de nuestro fin de semana en Seattle —declaró, abrazándolo.

—¿Que te arrepientes?

—No creo que Mary pueda darnos dinero para muchos muebles, así que será mejor que no vayamos a la subasta.

Jack se quedó callado. El pasar aquel fin de semana en Seattle con ella le hacía mucha ilusión. Aunque sabía que no debería enamorarse de una mujer que pronto se iría de su lado, quizá ya fuera tarde. Quizá ya estuviera enamorado de Laura.

—¿Qué te pasa? ¿Por qué me miras así? —le preguntó ella.

Jack se acercó y la besó apasionadamente. El deseo encendió los ojos de Laura. Era el mismo deseo que le quemaba por dentro a él. Deseaba tirarla sobre el suelo y poseerla allí mismo. Sentía la necesidad de tomar todo su cuerpo, de marcarla para siempre.

Él no era como el amante de Lady Chaterley, que desaparecía en su casita del jardín después de hacer el amor con ella. Él, Jack, quería ser el dueño y señor de Laura. Quería tener la libertad de tomarla donde le apeteciera. Quería meterse dentro de su cuerpo y plantar en ella su semilla. Deseaba decirle a todos los hombres que era suya. Y sobre todo, que también ella entendiera que era de él.

Los ojos de Laura se oscurecieron, atrapándolo en sus profundidades. Jack oyó que se le escapaba un gemido mientras tomaba de nuevo su boca, diciéndole con su lengua, sus labios y su mano, que era suya.

Estiró la mano y apagó la luz, de manera que sus cuerpos quedaron iluminados solo por el reflejo de la luna que entraba por la ventana.

Laura gimió y se agarró a él.

Jack se quitó la chaqueta y la tiró al suelo. La de ella siguió poco después el mismo camino y no tardaron en estar ambos completamente desnudos.

Luego, sin hablar, cayeron sobre el montón de ropa y se abrazaron. Laura entrelazó las piernas en el cuerpo de él, que la poseyó con furia.

Fue como si quisiera penetrar en su misma alma. Laura gritó y se levantó hacia él con la cabeza echada hacia atrás y el cuerpo tembloroso.

Luego ella se colocó encima de él. Su cuerpo brilló a la luz plateada de la luna, que le daba un aspecto de diosa antigua que había bajado a hacer el amor con su amante mortal. Laura estaba fuera de sí y se agarraba a los hombros de Jack mientras se movía sobre él.

Jack siguió su ritmo y la elevó más y más hasta una cima imposible.

Un grito salió, de pronto, de la garganta de Laura, que, con la cabeza hacia atrás, se abandonó a los espasmos del orgasmo que la sacudió.

El violento clímax de ella fue tan excitante para él, que no pudo aguantar más y también se abandonó a un orgasmo pleno que lo elevó, junto con ella, hacía las estrellas.

Laura, con un gemido suave se dejó caer sobre él, quien la agarró con ternura. Laura apretó los labios contra su cuello y Jack sintió un escalofrío.

Sentía tanto cariño por la mujer que lo estaba abrazando, que hasta sus manos le temblaron cuando comenzó a acariciarle el pelo.

—Estoy helada —dijo Laura cuando finalmente pudo hablar.

Jack se levantó de mala gana. Tenía que admitir que hacía demasiado frío para estar desnudos. Como no querían encender la luz, buscaron a tientas la ropa.

—¿Cómo es que hay un calcetín tuyo en las escaleras? —quiso saber Laura, medio desnuda todavía.

—¿Es esto lo que estás buscando? —le preguntó entonces Jack, tomando en sus manos una prenda de satén que había al lado de la chimenea— ¡Dios, no he usado nada! —exclamó, de pronto, Jack mientras se ponía los pantalones.

Se dejó caer en las escaleras y apoyó la cabeza entre las manos. ¿Cómo había podido ser tan descuidado? ¿No le había bastado con lo de Cory?

—Laura, lo siento.

Se frotó la frente con las manos.

—¿Estás tomando tú algo?

—No —contestó serenamente, sin rabia.

—¡No me puedo creer que haya sido tan estúpido!

136

Jack se sumergió en el pasado, volviendo a revivir cuando él y Cory habían cometido el mismo error.

Su ex mujer se había enfadado mucho con él y le había echado en cara su descuido cada vez que había tenido oportunidad de ello. Lo culpó de haber arruinado su vida, como si él lo hubiera hecho deliberadamente.

Jack se había pasado muchos años expiando su culpa. Pero la semana anterior, cuando había vuelto Laura, se había sentido como si tuviera otra oportunidad. ¡Pero la historia volvía a repetirse! Así que si Laura se enfadaba con él, no la culparía. Pero en el fondo de su corazón, comenzó a surgir un rayo de esperanza. ¿Y si la hubiera dejado embarazada y ella quisiera tener un hijo suyo? En ese caso, Laura entraría a formar parte de su vida para siempre.

—¿Así que lo sientes? —preguntó Laura.

Su voz resonó extrañamente en el oscuro vestíbulo.

Hubo un silencio prolongado. Jack no sabía qué decir.

—Soy una mujer adulta, Jack, y puedo asumir mi parte de responsabilidad en esto.

Acabaron de vestirse en silencio. Cuando Jack se puso el abrigo y notó el olor de Laura en él, le entraron unas ganas terribles de abrazarla, pero ella parecía muy enfadada y no se atrevió a hacerlo.

—Laura, no quiero que nos despidamos así. Por favor...

—¿Despedirnos cómo? No tenemos nada que hablar.

—¿Y si estás embarazada?

—¿No has oído hablar de la píldora del día después? Si la tomas en seguida, evita que te quedes embarazada —explicó enfadada.

Jack se sintió furioso al oír aquello. Parecía que a Laura le desagradaba llevar dentro su esperma.

—¿Cómo lo sabes?

—Lo he leído. Pero no la he tenido que usar nunca. Mis amigos normalmente son más cuidadosos que tú. Claro, que tratándose de ti, debería haber sido más precavida.

Jack pensó que las recriminaciones habían empezado ya. Pensó que el haber dejado embarazada a Cory había cambiado por completo su vida, pero aquello no sería nada en comparación con perder a Laura. Y la iba a perder si no se le ocurría nada para evitarlo.

Laura abrió la puerta y Jack sintió el aire frío de la noche.

—Espera, Laura. Por favor...

La puerta se cerró despacio.

Capítulo Diez

Laura se sentó en la playa desierta sin poder dejar de llorar. El viento golpeaba su rostro mojado y notaba su sabor salado cada vez que aspiraba.

No había estrellas, solo una nube negra que se deslizaba lentamente en el cielo.

Se sentó sobre un tronco y escuchó el ruido de las olas contra las rocas. Aquel día, se había llevado el premio a la estupidez. Y sabía por qué había ocurrido: porque amaba a Jack.

Se lo había dicho con su cuerpo aquella noche, abrazándolo mientras hacían el amor. Y el cuerpo de él había respondido de la misma manera... estaba segura.

Por otra parte, ella se había dado cuenta de que él no se había puesto preservativo, pero no le había importado. Porque quería a Jack y deseaba tener un hijo suyo.

Pero él había dejado claro de una manera brutal que no quería tener otro hijo.

Miró al cielo y vio en la distancia el estallido de varios relámpagos, seguidos por los respectivos truenos. La tormenta estaba bastante cerca de allí.

¿Por qué le había dicho a Jack lo de la píldora del día después? Ella no iba a tomarse una píldora para borrar lo que había sucedido esa noche. De todos modos, estaba en los últimos días del ciclo y era bastante improbable que se pudiera quedar embarazada.

Pero en el caso de que se hubiera quedado, se alegraría de ello. Porque si decidiera tener un hijo, elegiría a Jack como padre. Incluso aunque él no estuviera incluido en el paquete.

Laura notó que el viento se hacía más fuerte. La tormenta se acercaba.

Se levantó del tronco y se quitó la arena que se le había quedado pegada en los pantalones. Estaba segura de una cosa. Incluso aunque tuviera un hijo suyo, no aceptaría a Jack solo porque él se sintiera culpable. Ella era una mujer equilibrada emocionalmente y gozaba de una buena posición económica. Ya no era ninguna adolescente asustada y estaba perfectamente capacitada para criar un hijo sola. No necesitaba un marido que se sintiera culpable.

Cuando finalmente volvió a casa, la abuela estaba ya dormida. Laura se metió en la cama y oyó que la tormenta estaba muy cerca. Finalmente, se puso las manos sobre el vientre y cerró los ojos.

Cuando estaba casi dormida, se dio cuenta de que no había pensado en ningún momento en volver a Seattle. Quizá eso fuera señal de que había madurado.

Porque aunque la relación entre Jack y ella hubiera terminado, Laura decidió que iba a acabar la casa. Recordó el dolor en la voz de Jack cuando la llamó pidiéndole que no se fuera. Debía estar aterrorizado ante la idea de que ella empezara a exigirle cosas. Pues bien, no iba a hacerlo. Le pediría que se sentaran tranquilamente y le diría que no corría peligro. Luego terminaría el trabajo que había ido a hacer a Laroche y se marcharía con el corazón destrozado.

Y si tenía suerte, se llevaría un precioso recuerdo del hombre al que amaba.

Se despertó sobresaltada en mitad de la noche. Afuera seguía lloviendo. Miró hacia la mesilla y vio que eran las dos de la mañana. Después de soltar un gemido, se puso la almohada sobre la cara para no escuchar la tormenta. Pero entonces se oyó una sirena.

En Seattle, hubiera sido un sonido normal, pero allí era más extraño. En Laroche solo había una ambulancia, un camión de bomberos y dos coches de policía.

Apartó la sábanas y fue a la ventana. La sirena entonces dejó de oírse y Laura no vio nada anormal en la calle. ¿Por qué estaría tan nerviosa? Hubo otro relámpago, una pausa y, segundos después, un trueno.

No podía sacudirse la sensación de que pasaba algo y, como sabía que no iba a poder dormirse, no volvió a la cama, sino bajó a la planta de abajo después de vestirse.

Se puso su abrigo y salió en medio de la tormenta en dirección a la mansión McNair.

A lo lejos, vio el camión de bomberos, aparcado frente a la mansión.

—¡No! —exclamó, echando a correr.

La casa parecía en buen estado, pero las luces rojas del camión de bomberos la alertó de que alguna desgracia había ocurrido. Cuando llegó a la altura del camión, comprendió lo que había sucedido. El viejo cerezo que crecía junto a la casa estaba partido por la mitad y algunas partes todavía echaban humo bajo la lluvia.

Al caer, el árbol había destrozado parte del tejado de la mansión y de la fachada del dormitorio principal, donde se había quedado incrustado. Laura sintió ganas de echarse a llorar. No podía dejar de pensar en todas las horas que se había pasado decorando aquella habitación.

–Perdone, señora, pero no puede quedarse aquí –le dijo un bombero–. Pero no se preocupe –añadió al ver la expresión de su rostro–, el fuego está controlado.

Ella asintió y cuando cruzó la calle, vio a Jack, que la estaba observando en medio de un grupo de gente que se agolpaba en la acera. Se acercó a él y ambos se quedaron mirando la casa en medio de la lluvia. El agua resbalaba por el tejado como si fueran lágrimas.

–Tan pronto como me dejen los bomberos, taparé ese agujero para que no caiga más agua dentro.

–¿Podré ir contigo?

–No. A mí me van a dejar entrar solo porque entrené como bombero voluntario.

–¿Intentarás salvar el juego de cama? –Laura recordó la preciosa colcha que le había dado su abuela.

Él asintió.

Laura entonces se dio la vuelta y se alejó, incapaz de estar más tiempo a su lado. Si no se marchaba, no podría evitar rogarle que la amara como ella lo amaba a él.

Aquello era el fin.

Todo había acabado.

Laura se despertó a la mañana siguiente con dolor de cabeza y los ojos hinchados.

Después de arreglarse y tomarse una aspirina,

bajó las escaleras. La abuela, nada más verla, abrió los brazos y ella corrió a abrazarla.

–Lo siento, cariño –dijo la abuela–, y gracias por acordarte del juego de cama. Jack lo trajo esta mañana. Se ha mojado un poco, pero nada grave. No debería haberlo mandado allí.

Su abuela comenzó a llorar y aquello emocionó a Laura. Su abuela nunca lloraba.

–Yo también lo siento, abuela. Ya sabes lo mucho que esa casa significaba para mí. No llores.

–Si no estoy llorando. Es solo este maldito resfriado –la abuela dio un suspiro–. Jack me ha dicho que le telefonees.

Laura, sin contestar, fue a ponerse un café.

–Ha dicho que era importante.

–Abuela... es que nos peleamos anoche. Supongo que ya sabes que nosotros... –Laura no pudo terminar la frase y en esa ocasión fue la abuela quien la abrazó a ella.

–¿No vas a llamarlo?

–Hemos terminado, abuela.

–Seguro que te vuelve a llamar.

En ese momento, sonó el teléfono y Laura fue a contestar.

–¡Qué desastre lo de la casa! –se oyó decir a la señora Walters–. Dile a tu abuela que el comité va a reunirse hoy a las dos para decidir lo que vamos a hacer, aunque lo que es seguro es que el trabajo de decoración tendrá que esperar.

–Lo entiendo.

–Lo siento, querida.

–Yo también.

Jack llamó a su amigo Ned, que tenía un negocio de madera, para que fuera a recoger el árbol destrozado por la tormenta. Una vez sacaron el trozo de árbol que había caído sobre la habitación principal, Jack tapó con plásticos los agujeros e hizo una estimación de los desperfectos.

Alquiló además dos ventiladores para tratar de quitar la humedad. Quería salvar aquella casa como fuera. Además, solo trabajando, podía dejar de pensar en Laura.

No le había telefoneado y él no se atrevía a volver a llamar a casa de la abuela.

Estaba paseando nerviosamente por la casa, cuando, de repente, se tropezó con un tablón que estaba ligeramente levantado. Al agacharse y tocar la madera, vio asombrado que había dos tablones sueltos. Sus bordes no eran muy lisos y parecía haber un hueco debajo.

Su sorpresa se volvió emoción cuando miró por el agujero y vio que había un libro. Terminó de quitar ambos tablones y lo sacó. Tenía las tapas de cuero y olía a humedad. En la primera página podía leerse: *Elizabeth McNair, 1886.*

«¡Un diario!», pensó Jack. «Ya verás cuando Laura se entere».

El viejo papel crujió cuando pasó la página.

Empiezo a escribir este diario para referir mi vida como esposa de mi amado Albert. He elegido este día para comenzarlo porque la espléndida casa en la que vamos a vivir está casi terminada.

Seguro que aquí vamos a ser muy felices. Y más con la cocinera tan estupenda que tenemos. La pobre se llevó un buen susto cuando anoche vio un oso. Espero que se acostumbre a estas tierras y no decida volverse a Boston.

Jack siguió leyendo y se enteró de cómo transcurrieron los primeros meses de la vida de la pareja en aquella casa. Elizabeth y Albert se habían amado locamente y, de alguna manera, era como si en esos momentos les pasaran el testigo a ellos. A él y a Laura.

Pero, ¡qué locuras se le estaban ocurriendo! Si aquella casa era una ruina...

Se quedó mirando el libro y, aunque él no creía en fantasmas, ni en los mensajes del otro mundo, decidió que aquello era una señal. Tenía que conseguir aquella casa para Laura y su hijo. En el caso de que se hubiera quedado embarazada.

Sí, tenía que demostrarle lo mucho que la amaba.

Laura insistió en llevar a su abuela a la reunión. Pero antes, pasaron por la mansión para ver cómo había quedado después del accidente.

En seguida vieron que el árbol había sido talado y que los agujeros del tejado y la fachada habían sido cubiertos con plásticos. Sin embargo, eso no cambió en nada el estado de ánimo de Laura, que siguió pensando que la casa no tenía salvación.

Después de llevar a su abuela a la reunión, volvió a casa y se metió en la cocina para preparar un pastel de carne y una ensalada para la cena.

Algo más tarde, llegaron su abuela y la señora Walters. Ambas parecían abatidas.

—Lo siento, Laura, no hay nada que hacer —le dijo la señora Walters—. Te compensaremos por la rescisión del contrato.

—Por lo que más lo siento es por la casa —contestó Laura.

—No puedo soportar la idea de que acabe convertida en un bloque de apartamentos —aseguró la señora Walters–. El constructor ha vuelto a hacer una nueva oferta, que expira el viernes.

Después de que la señora Walters se marchara, la abuela y Laura pusieron la mesa para cenar.

–¿Tienes prisa para volver, cariño? –le preguntó la abuela mientras comía algo de ensalada–. Me gustaría que me pintaras de nuevo el dormitorio. Estoy cansada del rosa que me pusiste la última vez.

A Laura no le gustaba la idea de quedarse en Laroche después de haberse enfadado con Jack, pero no podía decirle que no a su abuela.

A la mañana siguiente, se levantó temprano para ir a la mansión McNair a recoger sus herramientas.

Aquella misma mañana se había enterado de que no se había quedado embarazada, así que llegó a la mansión bastante deprimida, y dispuesta a recoger sus cosas cuanto antes y marcharse. Sin embargo, al disponerse a subir las escaleras, vio que había un libro sobre el tercer escalón y lo recogió con curiosidad.

Se sentó y en seguida descubrió que era el diario de Elizabeth. Cuando acabó de leerlo, tenía los ojos cubiertos de lágrimas.

Después de saber cómo se habían amado Elizabeth y Albert, le dolió más que nunca el que la mansión fuera a convertirse en un bloque de apartamentos. Si no llegaba otra oferta antes del viernes, el constructor se quedaría con ella. Tenía que hacer algo para evitarlo. Pero, ¿el qué?

De repente, se le ocurrió una idea: la compraría. Tenía algo de dinero ahorrado para hacer frente a la entrada. Luego podría alquilarla o quizá montar incluso un pequeño hotel. Como Seattle estaba cerca, podría atender también su negocio.

Minutos más tarde, Laura entraba en la agencia inmobiliaria con una sonrisa en los labios.

—Hola, soy Laura Kinkaide y quiero comprar la mansión McNair.

—¿Y quién no? —dijo el hombre que la atendió—. Pero, ¿quiere usted comprarla sola? —preguntó el hombre extrañado.

—Sí, tengo un dinero ahorrado y mi negocio va muy bien.

—Me llamo Jed Hansen —se presentó él, dándole la mano—, y conozco a su abuela. ¿Le ha dicho a ella que va a comprar la casa?

A Laura le extrañó que Jed Hansen, un hombre mayor de bigote cano, pareciera reacio a vendérsela.

—No, lo acabo de decidir.

—Pues creo que debería consultarlo antes con alguien.

—No, gracias. Estoy decidida.

—Pues entonces tendrá que dejar cinco mil dólares en depósito y una carta de su banco, donde diga que le prestan el resto del dinero.

Laura asintió y luego se encaminó al banco. Justo, cuando iba a entrar, se chocó con Jack.

—Puedes dejar de preocuparte —le dijo Laura.

—¿Por qué?

—Me ha venido el período.

—¿Has tomado la píldora del día después? —preguntó él con los ojos llenos de dolor.

—Eso no es asunto tuyo.

Él la agarró por los hombros y la obligó a mirarlo a los ojos.

—¿La has tomado?

–No, no he tomado nada.

Entonces él la soltó.

–Lo siento –se excusó antes de darse la vuelta y marcharse.

Ella se quedó mirándolo mientras se alejaba. Luego entró al banco y pidió ver a Mary. Un empleado la llevó hasta su despacho.

Mary se levantó y le estrechó la mano.

–Lo siento, Laura. Es una pena lo de la mansión McNair. Supongo que estás aquí por lo de la ruptura del contrato.

–No, he venido porque quiero comprar la mansión.

Mary hizo un ruido como si se hubiera atragantado.

–Entiendo. Pero te advierto que es mucho dinero.

–No hay problema. Lo único que necesito es que me concedáis un crédito.

–El comité financiero de la ciudad se reunirá el viernes para estudiar todas las ofertas. Estoy segura de que tendrán en cuenta cuál es la que más conviene a la ciudad.

–¿Todas las ofertas? Creía que solo había una.

–Bueno, estaba hablando hipotéticamente. Y ahora, voy a hacerte una serie de preguntas para lo del crédito. Si todo va bien, puedo tenerte los papeles para mañana. ¿Te parece bien?

–Sí, gracias.

Capítulo Once

Laura terminó de arreglar todo el papeleo el jueves. Aparte de la suma que ofrecía, había hecho un informe de cómo pensaba restaurarla y de las ventajas que tendría para la comunidad el hecho de que la casa no se derruyera.

Aquellos días los había pasado en compañía de su abuela, a la que había decidido no contarle nada de la mansión hasta que todo estuviera arreglado. También había empezado a decorarle su habitación.

A Jack, sin embargo, no lo había vuelto a ver desde su encuentro en la puerta del banco.

El viernes estaba muy nerviosa mientras trabajaba en el dormitorio de la abuela. Finalmente, por la tarde, sonó el teléfono. Era el alcalde.

—Hola, señorita Kinkaide. Soy Edward Marks.

—Sí, señor —el corazón le latía a toda velocidad.

—Siento informarla de que hemos desestimado su oferta —le dijo con voz impersonal.

Laura se sintió como si le hubieran dado una bofetada.

—¿Se la han vendido al constructor? ¡Pero si ese hombre va a derruirla para construir un bloque de apartamentos!

—No puedo decirle nada al respecto. El comprador le ha pedido al comité que guarde su identidad en secreto. Lo haremos oficial en la reunión del consejo de la semana que viene. Buenos días, señorita Kinkaide.

Pero Laura no iba a darse por vencida. Necesitaba saber por qué habían desestimado su oferta. Si había sido por el hecho de ser una mujer...

Así que fue a cambiarse de ropa y poco después salía con una carpeta bajo el brazo. En ella llevaba todos los papeles de su oferta.

Estaba dispuesta a hablar con quien fuera y hacer cualquier cosa, incluso subir la oferta, para salvar la mansión.

A la entrada del ayuntamiento, estuvo a punto de chocarse otra vez con Jack.

–¿Qué estás haciendo aquí? –le preguntó enfadado.

–He venido a un... asunto de negocios –contestó, furiosa consigo misma. Seguía estando loca por él–. ¿Y tú qué estás haciendo aquí?

–También por negocios.

–Bueno, yo tengo prisa –dijo ella, tratando de pasar primero.

Jack la apartó.

–Yo también –replicó, pasando él primero.

–No puedo creerlo. Si te ve mi abuela...

Él sonrió.

–Por favor, Jack, de verdad que el asunto que me trae aquí es muy importante.

–¿Más importante que intentar comprar la mansión McNair?

Laura se quedó boquiabierta. Solo entonces comprendió lo que le había dicho Mary de que había más ofertas.

–¿Han aceptado tu oferta? –él no solo le había robado el corazón, sino que también iba a quitarle la casa de sus sueños.

–No, la han rechazado –respondió, enfadado–, pero voy a averiguar ahora mismo por qué.

Y después de decir aquello, se acercó a toda prisa a recepción. Laura fue tras él.

–Lo siento, Laura –dijo él, volviéndose–. Ya sé lo mucho que esa casa significa para ti, pero déjame ocuparme de esto.

–Estoy aquí para averiguar por qué han rechazado también mi oferta.

En esa ocasión, fue Jack quien se quedó mirándola con la boca abierta.

–¿Tú también has hecho una oferta?

–Cerramos en diez minutos, así que será mejor que te des prisa, Jack –les interrumpió la recepcionista.

–Hola, Linda. Queremos hablar con Ed.

La chica entró en el despacho de su jefe y, poco después, volvió a salir.

–Entrad.

Una vez pasaron, el alcalde se levantó para saludarlos.

–¿De manera que sabíais que estabais compitiendo por la compra de la mansión? –les preguntó.

–Acabamos de enterarnos –respondió Jack–. Y queremos saber por qué habéis rechazado nuestras ofertas. ¿Por qué demonios vais a venderle la mansión al constructor?

–Tendréis que esperar hasta la próxima semana para saber quién será el nuevo propietario de la mansión y por qué.

Jack intentó convencerlo, pero no hubo manera. Sin embargo, Laura sintió cómo su enfado se iba desvaneciendo al verlo discutir, con su voz profunda y su seguridad. La mansión ya no le importaba tanto, porque quizá su relación con Jack sí tuviera futuro.

Una vez salieron del despacho, Jack le pidió

que dieran un paseo y ella aceptó. Así que se dirigieron en silencio al paseo marítimo. En un momento, sus brazos se rozaron y Laura sintió como una descarga eléctrica.

–¿Por qué querías comprar la casa? –le preguntó finalmente ella.

–Quería sobornarte.

–¿Cómo?

–Porque quiero casarme contigo –respondió él sin atreverse a mirarla a los ojos–. Y sé lo mucho que significa para ti esa casa.

–Oh, Jack...

–Sí, Laura, te quiero y deseo casarme contigo. La otra noche, después de que te marcharas enfadada, estuve pensando en nuestra relación y descubrí que sí quería que tuviéramos ese hijo. Descubrí que lo único que me importaba era que tú fueses feliz.

Los ojos de Laura se llenaron de lágrimas. Jack la agarró por los hombros y la miró con ternura.

–A mí también me encantaría tener un hijo contigo –susurró ella.

Jack se inclinó hacia ella y la besó.

–Te he echado mucho de menos –dijo él, abrazándola–. Cuando te marchaste por primera vez, estuve a punto de llamarte muchas veces. Necesitaba hablar con mi mejor amiga.

–¿De veras?

–Sí, pero siempre que venías a la ciudad, me rehuías. Luego, cuando me enteré de que íbamos a trabajar juntos, pensé que quizá podríamos recuperar la amistad. Pero nunca pensé que ocurriría esto.

–Ni yo tampoco –ella le agarró las mejillas mientras saboreaba el amor que podía ver en los ojos azules de él.

En ese momento, un hombre salió de una tienda y se quedó mirándolos.

–Será mejor que continuemos nuestro paseo si no queremos que todo Laroche comience a murmurar sobre nosotros –comentó Laura.

–De acuerdo –dijo él, tomándole una mano y echando a andar.

–Bueno, ¿y a quién se lo diremos primero? ¿A mi abuela o a Sara?

Jack le sonrió de un modo que le hizo estremecerse.

–Lo he arreglado todo para que Sara se vaya esta noche a casa de una amiga. Estaba planeando darte una sorpresa con el anillo de compromiso y la mansión. Y también he reservado mesa para dos en un lugar muy acogedor que conozco.

–¿Y si te llego a decir que no?

–Bueno, tenía esperanzas.

Laura dibujó con su dedo el labio superior de él.

–¿Y tienen habitaciones en ese lugar tan acogedor?

Jack lamió el dedo de ella y luego la besó.

–Sí, y hay una reservada a nuestro nombre –luego se la quedó mirando–. Entonces, ¿de verdad quieres casarte conmigo?

Ella le sonrió.

–Llevo queriendo casarme contigo desde que me puse mi primer sujetador –le agarró la mano–. Y ahora, vamos a decírselo a la abuela.

Sin embargo, no tuvieron que decirle nada a la anciana. En cuanto los vio entrar por la puerta, soltó una risotada.

–Ya era hora.

–Oh, abuela, soy tan feliz –dijo Laura, abrazándola.

–Sí, pero no me rompas todas las costillas. Me gustaría poder bailar en tu boda –bromeó la abuela con los ojos húmedos.

Luego fue Jack quien la abrazó.

–Soy un hombre con suerte.

–Sí que lo eres –contestó la abuela–. Los dos lo sois. Pero os habíais empeñado en negar lo evidente. Estáis hechos el uno para el otro. Y además, tengo ya vuestro regalo de boda.

La anciana fue al salón y volvió con un sobre.

–Aquí tienes –dijo, dándoselo a Laura.

Laura lo abrió intrigada y cuando leyó el papel que contenía, estuvo a punto de desmayarse. Luego se lo dio a Jack sin poder decir nada. Él lo leyó en voz alta.

Querida señora McMurtry, es un placer para mí informarle de que el comité ha aceptado su oferta para adquirir la mansión McNair...

Jack levantó la vista y se quedó mirando fijamente a la abuela.

–Tú has sido quien la ha comprado –dijo casi gritando–. Pero, ¿cómo... ? –no pudo terminar la frase.

–Sí, abuela, ¿cómo has podido permitírtelo? –preguntó Laura por él.

La anciana se rio entre dientes.

–Bueno, nunca me ha gustado jactarme de ello, pero soy una mujer muy rica. Llevo invirtiendo en bolsa desde que tu madre era una niña y siempre se me ha dado muy bien.

Laura se la quedó mirando como si fuera la primera vez que la viera.

–Pero yo pensé que leías las páginas de bolsa de los periódicos solo para entretenerte. Nunca sospeché que invirtieras.

–Bueno, hija, he preferido mantenerlo en secreto. Ya sabes cómo corren las noticias en Laroche.

–Por eso Ed no ha querido contarnos quién había comprado la mansión.

–Sí, y de hecho, nunca se sabrá. La próxima semana se anunciará que vosotros sois los nuevos dueños.

–Eres la mejor abuela del mundo –exclamó Laura.

–Y la mejor madrina –añadió Jack.

La fresca brisa del océano acarició la nariz de Laura, que se juntó más a Jack, bajo las sábanas. La mano de él descansaba relajadamente sobre uno de sus senos. De pronto, uno de sus dedos comenzó a acariciarle un pezón.

Luego hundió el rostro en el hueco de su nuca y le frotó la delicada piel del cuello con su mejilla, que raspaba por la incipiente barba. Finalmente le dio un beso.

–¿Es que no tuviste bastante con lo de anoche? –bromeó ella.

–Creía que me había casado con una adicta al sexo. ¿No me irás a decir que la luna de miel te ha curado?

Jack comenzó a acariciarla de un modo que sabía lo mucho que la excitaba.

–No creo que me cure nunca –dijo, mirando a los ojos de su marido y pensando en lo feliz que era.

Luego contempló el dormitorio de la mansión, que estaba ya totalmente restaurado. Entonces pensó en que Elizabeth McNair estaría muy contenta de que aquella casa volviera a estar llena de amor.

En esos momentos, tenían la mansión McNair para ellos solos, pero en pocos días llegaría Sara, que había ido a hacerle una visita a su madre.

La chica le había pedido a Laura que la esperase para decorar juntas su habitación. Estaba encantada con su nueva madre.

Y no era la única. Al parecer, todos pensaban que estaban hechos el uno para el otro. Algunos, como su abuela, ya lo habían intuido desde el principio.

De hecho, la anciana no solo había donado el dinero para restaurar la casa, sino que había conseguido que el trabajo se lo encargaran a ellos dos.

Acepte 2 de nuestras mejores novelas de amor GRATIS

¡Y reciba un regalo sorpresa!

Oferta especial de tiempo limitado

Rellene el cupón y envíelo a
Harlequin Reader Service®
3010 Walden Ave.
P.O. Box 1867
Buffalo, N.Y. 14240-1867

¡Sí! Por favor, envíenme 2 novelas de amor de Harlequin (1 Bianca® y 1 Deseo®) gratis, más el regalo sorpresa. Luego remítanme 4 novelas nuevas todos los meses, las cuales recibiré mucho antes de que aparezcan en librerías, y factúrenme al bajo precio de $2,99 cada una, más $0,25 por envío e impuesto de ventas, si corresponde*. Este es el precio total, y es un ahorro de más del 10% sobre el precio de portada. !Una oferta excelente! Entiendo que el hecho de aceptar estos libros y el regalo no me obliga en forma alguna a la compra de libros adicionales. Y también que puedo devolver cualquier envío y cancelar en cualquier momento. Aún si decido no comprar ningún otro libro de Harlequin, los 2 libros gratis y el regalo sorpresa son míos para siempre.

416 BPA CESK

Nombre y apellido   (Por favor, letra de molde)

Dirección   Apartamento No.

Ciudad   Estado   Zona postal

Esta oferta se limita a un pedido por hogar y no está disponible para los subscriptores actuales de Deseo® y Bianca®.
*Los términos y precios quedan sujetos a cambios sin aviso previo.
Impuestos de ventas aplican en N.Y.

SPD-198   ©1997 Harlequin Enterprises Limited

Deseo®...
Donde Vive la Pasión

¡Los títulos de Harlequin Deseo® te harán vibrar!

¡Pídelos ya! Y recibe un descuento especial
por la orden de dos o más títulos

HD#35327	UN PEQUEÑO SECRETO	$3.50	☐
HD#35329	CUESTIÓN DE SUERTE	$3.50	☐
HD#35331	AMAR A ESCONDIDAS	$3.50	☐
HD#35334	CUATRO HOMBRES Y UNA DAMA	$3.50	☐
HD#35336	UN PLAN PERFECTO	$3.50	☐

(cantidades disponibles limitadas en algunos títulos)
CANTIDAD TOTAL $ _____

DESCUENTO: 10% PARA 2 Ó MÁS TÍTULOS $ _____
GASTOS DE CORREOS Y MANIPULACIÓN $ _____
(1$ por 1 libro, 50 centavos por cada libro adicional)

IMPUESTOS* $ _____

TOTAL A PAGAR $ _____
(Cheque o money order—rogamos no enviar dinero en efectivo)

Para hacer el pedido, rellene y envíe este impreso con su nombre, dirección
y zip code junto con un cheque o money order por el importe total arriba
mencionado, a nombre de Harlequin Deseo, 3010 Walden Avenue, P.O. Box
9077, Buffalo, NY 14269-9047.

Nombre: _____

Dirección: _____ Ciudad: _____

Estado: _____ Zip Code: _____

Nº de cuenta (si fuera necesario):_____

*Los residentes en Nueva York deben añadir los impuestos locales.

Harlequin Deseo®

CBDES3

El enigmático Jacob West era conocido como «el hombre de hielo» por su modo de hacer negocios: planeaba cada movimiento con total precisión, y siempre tenía éxito. Así que, cuando supo que necesitaba una esposa para asegurarse la herencia, planeó hacerse con la mujer perfecta: Claire McGuire. Aquella bella, aunque vulnerable mujer, aceptó la proposición porque necesitaba desesperadamente la protección que Jacob podía proporcionarle. Pero, aunque el amor fuera algo prohibido, era imposible ponerle freno a la pasión... De pronto Jacob descubrió que su futura esposa estaba provocando en él unos sentimientos para los que no estaba preparado. ¿Sería posible que el feroz empresario se hubiera dejado vencer por el amor?

PÍDELO EN TU PUNTO DE VENTA

Danielle Harrington era la directora de una importante empresa y un as en los negocios, pero en cuanto topaba con Maxwell Padgett estaba perdida. Era cierto que era un tipo muy arrogante, pero también demasiado sexy... como para dejarlo escapar. Estaba claro que necesitaba un plan para conquistar a ese hombre...

Maxwell Padgett nunca había estado tan furioso... ni tan excitado en toda su vida. Cada vez que se daba la vuelta, ahí estaba esa belleza, que estaba desbaratando todos sus planes, preparándole comidas caseras o besándole de un modo enloquecedor. Si no conociera bien a Dani Harrington, habría creído que estaba pensando en algo más aparte de los negocios. ¿Acaso había subestimado el verdadero poder de aquella encantadora millonaria?

Diez maneras de conquistarte

Beverly Bird

PÍDELO EN TU PUNTO DE VENTA